U0579484

秦禾诗词选

东方眸

秦宁昌 著

陕西新华出版传媒集团

——— 太白文艺出版社·西安

图书在版编目（CIP）数据

春禾诗词选 / 秦宁昌著. -- 西安：太白文艺出版
社，2023.1
ISBN 978-7-5513-2277-5

Ⅰ．①春… Ⅱ．①秦… Ⅲ．①诗词－作品集－中国－
当代 Ⅳ．① I227

中国国家版本馆 CIP 数据核字（2023）第 014010 号

春禾诗词选
CHUNHE SHICI XUAN

作　　者	秦宁昌	
责任编辑	杨德风　刘　琪	
书名题写	东　方	
视觉创意	汉唐风尚文化	
装帧设计	赵凯云	
版式设计	李　云	
出版发行	陕西新华出版传媒集团 太白文艺出版社	
经　　销	新华书店	
印　　刷	西安新华印务有限公司	
开　　本	880mm×1230mm　1/32	
字　　数	110 千字	
印　　张	7.75	
版　　次	2023 年 1 月第 1 版	
印　　次	2023 年 1 月第 1 次印刷	
书　　号	ISBN 978-7-5513-2277-5	
定　　价	58.00 元	

版权所有　翻印必究
如有印装质量问题，可寄出版社印制部调换
联系电话：029-81206800
出版社地址：西安市曲江新区登高路 1388 号（邮编：710061）
营销中心电话：029-87277748　029-87217872

前人脚后踩新路

——《春禾诗词选》序言

安 黎

一

先识人，后读诗，读诗再识人，识人再读诗——本名秦宁昌的诗人春禾，就是以这种方式，让我拥有了双重收获：既结交了一位心仪的朋友，又增添了一份阅读的雅趣。

年少时不谙天之高，地之厚，我亦混迹于诗者的队列，丛丛春草般稚嫩的诗作，被多家专业诗刊刊用，甚至其貌不扬的容颜，也数度登上好几家刊物的封面。随着年岁渐长，我却渐渐倦怠于诗，这与我对中国当代诗歌的走向和现状，抱持悲观的看法休戚相关。

在中国古典文学的天幕上，诗歌犹如银河系那般浩瀚璀璨，是文学生态中最为华美的一个乐章，比瘦弱的散文雄阔，比矮小的小说魁梧，久久地占据文学舞台的中央，可谓风光尽显。从《诗经》开端的诗歌之花，一路盛开，越开越艳，至唐宋时期——宋尽管以词著称，但宋词，包括后来的元曲，皆是从诗中孵化的，乃为诗歌的变种，同属韵文的范畴——

已蔚为大观，呈现燎原之态。然而盛极必衰，诗歌渐次面目颓唐、气色萎靡，一副日落西山的病恹恹的模样。当诗人们在玩弄形式的时候，形式也在玩弄着他们。形式主义最初被诗人们当作一条镶着金边的围巾，围到自己的脖颈，但到头来，围巾却化为绳索，勒得他们几近窒息。

年纪尚幼时，我对古典诗歌兴味索然，甚至觉得那些诗人多少有点儿滑稽可笑，"吟安一个字，捻断数根须"，何苦如此？反倒是现代诗，无门第，无讲究，像自乐班那样，无论吹拉弹唱的技能是否精湛，都可以抄起二胡拉上一曲，摆开架势吼上一声。写现代诗，随心所欲，凭一己之兴致，而非一己之修炼，于是爱怎么写就怎么写，想写什么就写什么。这等状况，却暗合我意。然而伴随生命渐入秋季，梦凋落，心冷却，阅世不再止于表象，便在怀旧之余，却也悟透了古人的心思与雅好：节制、雅致和精确，之于写作，是一种多么难能可贵的品质啊！

当然，需要特别提醒的是，文章的优劣，并不取决于文字的简繁，而是取决于思想的深度和艺术的创造力。言之有物，万言不赘；言之无物，一句多余。在"言之有物"的前提下，自然是文字越简洁，品质越上乘。

然而，人天生既喜新厌旧，又喜旧厌新，心理永远处于得陇望蜀而又得蜀望陇的摆钟状态，如同孩子玩玩具，再喜爱的新玩具，玩到后来都会弃之。当某种现有的存在过多过烂遭人厌腻和诟病时，人精神的翅膀，就会逃离旧枝觅新枝，给日渐麻痹的神经，寻求新的刺激物。瞭望前方，雾色蒙蒙；回望来路，心中突然就对那些遗失的锈迹斑斑的旧物，升腾起了丝丝缕缕的柔情蜜意，并辅之以粉饰性的美好想象，及至生发出恨不能将其捡拾起来，抱在怀里，来一番热吻的冲动。复古，俨然已成为当今社会精神生态领域的一股显著潮流。

古体诗歌的悄然兴起，掩映其后的，是越来越多的人力图于对世风的虚浮进行抵制，对精神的迷惘实施疗治，对人心的残破予以修复。文学是药，亦是饭，更是铁，苦乐皆具，软硬同在，不咬心痒，咬之硌牙，再咬上瘾。诸多年长者，养尊处优之余，之所以自讨苦吃地汇聚于古体诗的旗下，在于他们在怀旧与反刍中，想借用古体诗来疏通心中的淤堵，预防心理的沙化，并在愈发被边缘化的有生之年，重新营造一片属于自己的精神园林，开垦播种，栽树浇水，寄望一缕花香凝结情感的籽粒；期待一根绿藤垂挂艺术的缤纷。

极目当下的古体诗领域，热心此道者虽汹汹涌涌，但凑热闹者居多，真正深谙此道并能写得让人眼前一亮者，却甚为寥寥。原因有三：一是环境变了。古人面对的山水与今人面对的山水，貌似雷同，实则迥异。两者的气息与风貌完全有别。二是心境变了。古人比之今人，要清心寡欲许多，心之闲散，魂之守舍，远不像今人这等宛若热锅上的蚂蚁，焦虑万分。三是语境变了。古人自幼就熟读"四书五经"，心无旁骛，千载文脉汩汩流淌，润心润肺。今人要在这语境崩断处续弦，犹如戈壁插秧，其难度犹如断翅大雁之飞翔，骨折野兔之逃奔。

然而即使在这样的背景下，也有一些造诣不凡的老少，写出了颇具水准的古体诗作。在他们中间，春禾木秀于林。

二

绕了一大圈，才重返春禾诗歌的本体，其因在于，不厘清古今诗歌的前生今世，单就春禾的诗歌就事论事，会陷入只见树木不见森林的盲区，也难以真正识别春禾诗歌的本来面目。唯有将他的诗，放置于中国诗歌演变的大背景大格局的坐标之中，才能丈量出其长短高低来。

春禾专注于写古体诗，偶尔也涉猎现代诗。换句话说，就他的这部诗集而言，是以古体诗为主，现代诗为辅。如果了解中国文学的发展轨迹，就不难详知，在中国古代，文学仅分为两类，即所谓的"二分法"。哪两类呢？一是韵文，二是非韵文。押韵的，为韵文；不押韵的，为非韵文。一个韵字，像西瓜刀一样，把原本浑然一体的文学，活生生地切为两半。那时还无小说、诗歌、散文和戏剧的概念，而这种从上世纪初叶开始盛行至今的文学"四分法"，纯粹照搬于西方，定型于"五四"时期。古体诗自然被归于韵文之列，但就韵文而言，也像一棵粗壮的树木，分出诸多的枝杈，包括绝句、格律、骈文、赋、词、曲等，皆附着于同一棵树，并在树上各自摇曳。春禾之所写，涉及韵文中的多个门类，比如五绝、七绝、七律和词等。

从阅读中不难看出，春禾写作古体诗，已有数十个春秋循序渐进的铺垫，而非一时的心血来潮。传播手段的变化，像催产素一样，使他的古诗产量，近些年呈现出爆发的态势。

比起喧闹的现代诗江湖，古体诗无疑是一条偏僻而寂寞的小径，像声乐中的美声唱法，不像流行歌曲，围观者寡，鼓掌者少，甚至愿意瞥其一眼者都屈指可数，凡此种种，皆对书写者的耐力和耐心带来考验。那些飘浮的心，逐利的心，急于求成的心，是无缘古体诗的。写古诗得守得住心，坐得住冷板凳，且对自身的古学基础，有着近乎苛刻的挑剔。原因在于每一个字，都历经作者的千挑万选与反复比对后，才像一块墙砖那样嵌入墙中。字一旦成句，句一旦成诗，诗一旦定型，就犹如反光镜，能将作者做人的境界和格调，一览无余地予以曝光，藏无可藏。在相当意义上讲，写古诗就是一个自我修行的过程，唯有心境的恬淡、心性的素雅、情趣的丰饶、禀赋的内敛、学养的厚积，以及"咬定青山不放松"的坚持，才能有所为而有所不为，也才能从低处起步，缓缓地抵达高处。

春禾退休前，曾长期从事企业的管理事宜，担任一家国企的董事长，但就心性而论，他却具有相当浓郁的书生情怀，善良，正直，自律，严谨，待人厚道真诚，处事公道中正。在琐事的纠缠中，他腾不出时间长篇大论，只能借助于短小精悍的古诗来托物言志，却也歪打正着地成就了一位当代古体诗家在秦川大地的显山露水。是的，在我看来，春禾已是一个成熟的古体诗诗人，其古诗的造诣像岩石一样地突出，其古诗的成就像林木一样地挺拔。

行家一出手，便知有没有。春禾的诗，打眼一看即为行家之手笔，有着不同寻常的气韵和色相。他视域开阔，包罗万象，将大千世界之所有，几乎一网打尽地都化为他吟咏的对象。他写山，"峰峦叠嶂秀美险"的黄山，"仰望观止峰顶天"的华山，"山色倒影水连山"的庐山，"群峰如黛云中变"的泰山,"垂涧源潭飞瀑泉"的九华山,"群峰林立形各异"的嵩山……一纸铺排,雄辉壮美,大气磅礴,不但勾勒出山之雄霸,而且绘制出山之婉约,刚柔相济;他写地域,"峡似画廊步移景"的大箭沟,"柏枫松杉绣锦屏"的黄柏塬,"怪树狰狞形各异"的额济纳,"千亩荷塘月色美"的渭河,"桃花岭上无桃花"的桃花岭,"飞沫翻涌烟雨升"的黄果树瀑布,"神秘莫测藏湖怪"的喀纳斯湖,"夜眠念珠方歇行"的拉萨……宛若一幅又一幅的工笔画从眼前徐徐掠过,逼真而生动,让人有身临其境之感;他写历史遗存,"一抹翠绿间"的少陵塬,"恢弘古冢三阙陵"的汉阳陵,"几曲长恨曲"的马嵬坡……在写景中沉思,在沉思中叩问,既有历史的苍郁,又有现实的底色;他写节令,"漫天飞舞争春色"的春雪,"根根晶线飘满天"的春雨,"烟柳拂面溅泪珠"的清明,"藏扇久眠夜闭窗"的处暑,"云卷云舒华亿浓"的秋色,"酷暑炎炎已殆尽"的末伏,"心随太白醉一回"的重阳……化虚为实,化无形为有形,虚实结合,动静相谐……另外,他还写劳动,写生活,写饮食,写瓜果,写亲情,写友情,写动物植物等,林林总总,不一而足。重要的是,他之吟咏,能做到字字沉实,句句含情,不无病呻吟,不装腔作势,在自然而然的表达中,穷尽劳作的艰辛,阐释人间的至理,透析人世的情态,具有极强的穿透力和感染力。

读春禾的古体诗,能觉察到他与众多古诗从业者笔下之所写,有着明显的区分,具体表现为:一是他的古诗,在体例上异常地小心翼翼,合规合矩,不是毫无体系的随心所欲。春禾很讲究押韵,很讲究章法,很究竟字句的布阵,一字一词,皆来自精心的排兵布阵，而不是谷子糜子搅混着一抓一大把。基于此，他的诗才气韵悠悠而又意境幽幽，字字若金石，句句若飘带，起伏若山岭，奔涌若江河，轻柔若云雾，铿锵若击鼓，既有气势之雄，又有细节之妙，读之若饮甘露，品之似含酒香。

二是他在努力地寻找着专属于自己的句式。好的写作者，总是执意于自己栽树，自己伐木，自己建房，并用专属于自己的房舍，孵化和托举自己的独梦。春禾的诗句，像早春时节被露水打湿的春芽，给人以湿漉漉的鲜嫩，不陈旧，不苦涩，摇曳茁旺，清朗鲜活，浑然天成。之所以有此等景致，皆源于他不照猫画虎，不生搬硬套，致力于避开那些众人耳熟能详的词句，构造自己独成体系的语言模版。从这一点，就能看出他行文的自觉和自律。别小看了语言的新鲜与否，在很大程度上，它是区分诗歌优劣的首屈一指的测试剂。

比之于现代诗，古诗的进入门槛本来就要高出几许，没有相当硬实的古学基础和勤学苦练的持久历练，是绝然不敢染指此道的。苗有一寸，根有一尺，果子或小或大，或苦或甜，但每一颗，都蕴含着树木殚精竭虑的倾情之爱。于是，当我们品尝果子的时候，绝然不该忘记树木的付出。站在这个角度，凡阅读春禾古诗的读者，没有理由不向春禾致敬。

当然，春禾的古诗并不完美，尚且处于通往山巅的半坡，比如对民疾民艰民声民愿，缺乏应有的关注等。放眼古今中外，凡伟大诗人，无一不关注社会的"风声雨声"，无一不对民间疾苦充满悲悯。悲悯是一种情怀，更是一种境界。屈原不是因为辞藻优美而成为大诗人的，而是因于他的"哀民生之多艰"；杜甫也不是因为精通格律而名垂千古的，而是他《三吏三别》中对苍生苦难的揭示……我坚信春禾会从这些大诗人被后人持续敬仰的原因中，得到启迪，从而使自己的笔触伸向生活更深层的腹部，伸向社会更为坚硬的部分，伸向人性更为隐秘的部位，唯有如此，才能占领古诗更高的制高点，也才能成全更大更美的自己。

目录

第二辑 天物撷趣

第三辑 衷情往忆

第五辑　岁月有声

第六辑 杂感语丝

◎食 味

第七辑 新诗

跋

后 记

第一辑 山河雅韵

梦幻额济纳

驱车奔波三千里，
车马劳顿宿营地。
只为追逐胡杨梦，
探寻西夏之神秘。
怪树狰狞形各异，
亡而不朽显奇迹。
万千胡杨百媚态，
浩瀚大漠逞雄奇。

梦幻渭河

十里花海满岸香，
百里画廊蕴吉祥。
千亩荷塘月色美，
万顷芦荡碧波漾。

紫柏山

天上百草园，
人间紫柏山。
慕名登顶观，
原是一草甸。
细览草中间，
几处天坑陷。
探头寻究竟，
漆黑深无边。

游大箭沟

深秋慕名大箭沟，
秋叶斑斓桥悠悠。
峡似画廊步移景，
飞瀑急湍绿潭流。
鲵鱼轻唤若啼婴，
细鳞鲑宝溪中游。
高山草甸如丝毯，
千年银杏怎知愁。

太白山之黄柏塬

黄红碧橙书盛景，
柏枫松杉绣锦屏。
塬隐深山福地成，
乡倚溪水毓秀灵。
太上老君赋神韵，
白云悠悠似天庭。
胜过渊明桃源地，
境仙月朗山水明。

冬日股家坪

寒风凛冽叶飘零，
火红柿子映眼中。
唯见鸟儿频光顾，
饱食果肉度严冬。

黄　山

天下奇峰当黟山，
峰峦叠嶂秀美险。
雄峰铮铮铁骨汉，
奇松巍巍柔情男。
仙人晒靴空留恋，
猴子望海成美谈。
古今美文千万篇，
难比登临亲历览。

嵩　山

中岳嵩山立中原，
华夏文明始发端。
群峰林立形各异，
帝王骚客留美谈。
岭连峰来峰顶天，
泉入池来池入潭。
东西横卧黄河岸，
三教荟萃魅力显。

春禾诗词选

华山（二首）

（一）

天下奇险属西岳，
松桧葱郁绝壁尖。
长空栈道半山悬，
锋刃索桥一线牵。
仰望观止峰顶天，
俯瞰沟壑渊无边。
勇者如履平地般，
怯者攀爬心惊颤。

（二）

昔日登山难于天，
今时凌云信步闲。
羊肠小径时续断，
栈道云梯临空悬。
一条索道挂前川，
二山之巅腾云般。
俯视峰峦山连山，
笑看沟壑变平川。

庐山（四首）

三叠泉

抬头仰望三叠泉，
百幅冰绡扎入潭。
千只白鹭上下翻，
万斛明珠洒九天。

黄龙潭

古木掩映峡谷中，
一道溪涧环绕山。
静闻叶落鸟鸣声，
远离尘世忘凡间。

芦林湖

高峡平湖碧水天，
一条巨龙衔两岸。
林荫秀谷嵌翠玉，
山色倒影水连山。

碧龙潭

山北绝胜碧龙潭，
重岩幽林樵夫见。
逶迤环绕叠石间，
双龙倚天俯坠渊。

九华山

佛教圣地九华山，
天造尤物现奇观。
垂涧渊潭飞瀑泉，
九峰出水芙蓉仙。
熠熠佛光照人间，
涓涓功德度苦难。
天高云淡登顶览，
清新自然美画卷。

泰山（三首）

独 尊

五岳独尊第一山，

雄浑壮丽多奇观。

群峰如黛云中变，

苍松葱郁雨后鲜。

林茂鸟飞气象千，

泉溪争流群山巅。

吉祥之山三鲜美，

白菜豆腐泉水淹。

观云海

白云平铺现奇观，

天地之间悬玉盘。

忽隐忽现峰顶端，

踏云驾雾似神仙。

观晚霞

朵朵残云游峰峦，

道道金光泻人间。

云峰璀璨嵌金带，

奇异霞光映眼帘。

桃花岭

桃花岭上无桃花，
云游僧侣误为家。
关公菩萨同堂奉，
玉帝到此笑哈哈。

灵官峡感怀

危峰兀立嘉陵畔，
峭壁深涧一线天。
忽嗅当年硝烟味，
又现机声轰鸣观。
岩工贴壁似蝙蝠，
攀洞天梯钢丝般。
千年天堑变通途，
先辈美名在人寰。

游黄果树瀑布

天下奇观遍神州，

雪映川霞位其中。

飞沫翻涌烟雨升，

捣珠崩玉雾腾空。

形如珠帘钩不卷，

神似飞练挂遥峰。

白水如棉花自散，

红霞似锦天生成。

龙门石窟之白园赞

一世清贫自乐天，

好酒美诗度流年。

倾力香山心愿了，

琵琶峰上有家园。

龙门石窟之诗会赞

龙门诗会伊河畔，
诗夺锦袍武则天。
花开非是园里树，
春雪纷飞诗花艳。

东江雾记

日照晨雾生紫烟，
遥望江中舞翩跹。
一叶轻舟云中游，
空惹神仙错下凡。

雾锁秦岭

大雾弥漫锁秦岭，
难见苍山露真容。
车马行人忙避让，
循声破雾艰难行。

游喀纳斯湖

融雪着意造奇观，
神秘莫测藏湖怪。
碧波万顷峰倒排，
草甸如茵日边来。
风静波平似翡翠，
风徐波涌似屏开。
毗邻四国世友好，
异域风光添姿彩。

张良庙感怀

洞天福地高堂庙，
苍松翠柏怀中抱。
得道真人匡汉室，
足智多谋神仙晓。
运筹帷幄藏韬略，
决胜千里不差毫。
一朝愿了参透世，
留侯隐此乐逍遥。

观秦俑

群雄割据天下乱，
黎民百姓苦何堪。
嬴政足智兼骁勇，
一统六国雄霸天。
出土兵马实罕见，
再现帝国恢宏篇。
八大奇迹誉海外，
五洲游客交口赞。

重游南山

去年春日游南山，
桃花美食兄弟伴。
兄弟不知今何处，
桃花依旧迎风绽。

登岳麓山

雨中漫步岳麓山，
翰墨书香云雾间。
香枫幽径伴忠魂，
泛舟书海莫道晚。

览紫阳县城

层峦叠嶂巴山中，
轻烟薄雾笼山城。
桥如巨龙卧江波，
笑看中流渔舟翁。

游张掖丹霞地貌

西域大漠蛮荒地，
天工造物现神奇。
千年磨砺魂不腐，
生生不息鬼神泣。
鬼斧神工形色异，
蕴含生命之奇迹。
江湖恩怨何时了，
三枪拍案更神秘。

游西昌航天城

巍峨铁塔似鲲鹏，
耸立险峻峡谷中。
宛如巨龙扑太空，
欲与天宫决雌雄。
烈焰滚滚冲九霄，
扶摇直上惊苍穹。
神舟飞船接天际，
圆我炎黄航天梦。

瀛湖颂

群峰叠翠碧波中，
万顷湖面鸭鸟鸣。
逢旱浇灌保丰收，
遇涝抗洪守安宁。
闲暇发电为民生，
旺季旅游成胜景。
一江清水树发展，
安康瀛湖传美名。

秋游青海湖

举目远眺西海畔，
烟波浩渺碧连天。
波光潋滟映苍山，
合围环抱嵌玉盘。
广袤草原绿如毯，
野花镶毯彩锦缎。
牛羊骡马惬意聚，
万千珍珠洒草原。

商南印象

衔豫接鄂联八县，
秦风楚韵丹江畔。
历久弥新萃英贤，
诗文帝业千百年。
今朝茶叶百强县，
堪与祁红同比肩。
金丝大峡玉皇景，
旅游胜地美名传。

神奇冰峰

头顶蓝天脚踩冰，
七贤入林观奇松。
呼吸吐纳凉爽气，
洗肺养心步轻盈。
金山银山耸奇峰，
欲览奇观待日升。
终年积雪冰难消，
清白世界不老情。

铜川玉华宫冬日印象

羊肠小道沟壑间，
枯树苇枝一水潭。
万物冬眠冰面薄，
唯见天鹅撒着欢。

登大雁塔

玄奘远渡求真经，
历尽磨难度苍生。
雁塔屹立慈恩寺，
佛光普照世间情。
血雨腥风矗千载，
见证历代衰与兴。
今日登顶欲览之，
繁华盛世印心中。

游照金

火红五月赴照金，
花艳柳绿槐醉人。
一条青龙伏山涧，
逶迤绵延奔新村。
忆昔硝烟战火纷，
看今繁华盛世欣。
先驱精神耀千秋，
吾曹定当世代吟。

游青龙寺

十里长安春意浓，
满眼樱花靓古城。
欲觅醉人绝胜处，
青龙寺里别样红。

游记大凉山

虽着旧衣衫，
天性本真善。
从小泡苦水，
笑容亦灿烂。

游情人谷

情人谷里岁蹉跎，
石上倩影无数波。
青山绿水今常在，
白头偕老有几何？

春游少陵塬

塬遇揽月阁，
举手可触天。
好雨知时节，
霾没清晰见。
芳菲四月尽，
一抹翠绿间。
欲觅云深处，
天高衔泥燕。

夜游秦淮

人如潮涌罩口颊，
秦淮小调不足夸。
牧之若晓今盛景，
笔下定饶后庭花。

游老东门

烟雨秦淮老东门，
六朝粉黛亦惜春。
布衣将相城南事，
市井坊间多美人。
闲情无须林泉觅，
风雅亦可巷里吟。
人间真味隐于市，
千古文章出君心。

寻梦乌衣巷

朱雀桥边倚竹枝，
乌衣巷口似曾识。
商贾云集繁华地，
游人如织怀古诗。
金陵张兴幸为邻，
秦淮人家知旧时。
王谢兴衰皆过往，
百姓冷暖心自知。

游大报恩寺

时光越千年，
几度遭劫难。
笃定报恩心，
永乐又重建。
昔日辉煌景，
相去已甚远。
今得佛圣地，
慧根应存善。

登铅硐山有感

登顶铅硐山，
一览众山峦。
荆棘遍布生，
草甸如丝毯。
裂缝随处现，
蒿蓬堪比肩。
放眼百里外，
才知天地宽。

酒奠梁（二首）

（一）

红日喷薄群山坳，
万道霞光云雾绕。
高祖征战途经此，
触景感思妙计晓。
明修栈道诱敌入，
暗度陈仓破城堡。
酒奠梁上祭英烈，
誓夺天下诚祈祷。

（二）

崖上酒泉扑鼻香，

搭间茅屋酒业旺。

无本生意应感恩，

贪念无糠难饲养。

留侯访民察此情，

心比天高世态凉。

惹怒酒神酒泉断，

酒保担酒祭上苍。

凤县地名拾趣（二首）

落帽巷

金兵溃败入荒谷，

玠璘二将威名扬。

兀术误以脱险境，

忽遭斩杀帽落巷。

倒贴金

千辛万苦方得金，

理应意足勿再作。

皆因贪念心难满，

险丢性命赔金钵。

秋游汉阳陵

恢宏古冢三阙陵，
尘封千年迷雾清。
力推削藩定七国，
革除繁苛赋税轻。
无为而治恭俭让，
勤俭治邦百业兴。
父子俱称贤君矣，
文景之治史扬名。

秋游马嵬驿

慕名马嵬驿，
寻觅唐遗迹。
禄山挟天子，
逼宫妄谋逆。
千古帝王爱，
憾恨沟壑里。
今迎八方客，
谁知长恨曲？

误入旺峪河畔

误入旺峪畔，

举目霸王峰。

林密无人径，

傲群白皮松。

瀑声轻悦耳，

雪落日色冷。

蒹葭何惧寒，

独映冰河中。

终南仙草甸（三首）

（一）

青苔幽幽思华颜，

蜂蝶簇拥恋翠莲。

仙家不知何时客，

一醉沉睡竟千年。

（二）

世纪冰川云中舟，

浮游天庭不知愁。

气熏雾笼紫烟雨，

坐拥苍山万户侯。

（三）

奇花异草撩人眼，

粉妆玉砌白杜鹃。

可怜雀兰少人问，

孤芳自赏碧连天。

闲游拾趣

闲游野河山，

尽享大自然。

杉蔽放生湖，

龟卧红土边。

枣树亦无刺，

贵妃曾戏言。

神道乃天道，

自在人心间。

延安颂

巍巍宝塔初心牵，
滚滚延河使命担。
艰难困苦情不移，
方得始终可撼天。

拉萨印象

登顶俯瞰拉萨城，
楼宇掩映绿荫中。
经幡飘飘蕴吉祥，
桑烟袅袅昭誓盟。
晨起经筒转不停，
夜眠念珠方歇行。
佛光普照日光城，
黎民百姓世安宁。

旬阳太极城

旬河汉水交融地，
盘古开天鬼神泣。
太极八卦浑天成，
厚德载物山水依。

夏游昆明池

一泓碧水天上来，
两河交映绽异彩。
曾经汉武水师场，
今日驭舟梦楼台。
陌上垂柳催人泪，
莲花仙子拥入怀。
游人情醉七夕园，
牛郎织女今何在？

雨 后
——游木塔寺公园

天赐珍珠落玉盘，
风摇玉碎又归圆。
红花点点池塘里，
翠鸟频来戏红莲。

如梦令·竹蕴羌乡

本生南国水乡，
多见庭院湖旁。
梦幻秦岭上，
幸甚花谷模样。
互映，互映，
四季新韵长廊。

如梦令·霸王山小寒

风清云淡山巅，

松青雀声连天。

枯木不堪变，

难掩身躯伟岸。

小寒，小寒，

山脚溪水悠闲。

如梦令·汉源行

疾行大渡河畔，

夜穿巴郎山巅。

明知此路难，

泥泞颠簸甚险。

何堪？何堪？

义无反顾向前。

如梦令·凤县无霾

清风沁心微寒，
冷月倾慕人间。
极目地平线，
旭日冉冉山涧。
凤县，凤县，
宛若世外桃源。

点绛唇·游周庄

梦里水乡，
小桥流水花灯上。
与君共赏，
琴声正悠扬。

朦胧夜色，
浓艳氤氲妆。
勿相忘，
如月模样，
暗藏几多殇。

浣溪沙·曲江池畔

青林复看芙蓉池，
曲流浩渺云柳知。
曾经多少千古事？
遐思迩想独徘徊，
慨叹花色人影迟。
无缘悠游宴乐此。

浣溪沙·夏日登桃花岭

岭下麦黍浅见黄，
河畔青苹繁枝上，
农夫磨镰荷锄忙。
又是一季好年景，
风调雨顺蕴吉祥，
谁人不应念上苍？

菩萨蛮·登翠华山

古松如伞伫山巅，
飞流湍急波光滟。
放眼峰顶端，
触手可及天。

天池浮柳绵，
水清鱼游欢。
登顶俯瞰叹！
世间皆无烦。

忆王孙·南湖

轻烟拂渚血腥风，
接天莲叶碧朦胧。
一条红舫蕴火种。
惊苍穹，
撼天动地唤工农。

忆秦娥·游华清宫

唐御汤，
玉环终日伴明皇。
伴明皇，
遥想当年，
玉肌凝霜。

并蒂石莲世流芳，
难料马嵬梦断肠。
梦断肠，
从此阴阳，
与谁共赏？

忆秦娥·临昆仑

临昆仑，
登高远眺人渺小。
人渺小，
世事赓续，
几度欢笑。

盖孜冰河润芳草，

流年不息万里遥。

万里遥，

念如磐石，

掘金探宝。

忆江南·古城

古城早，

华夏文明晓。

十三王朝建于此，

太平盛世商贾茂，

古城可安好。

相见欢·霸王山抒怀

突兀峻拔峰峦，

入云端。

金戈铁马硝烟已遥远。

杉林翠，

松稀贵，

别样般。

四季美景尽收旺峪畔。

相见欢·览秦岭花谷

嘉陵江畔凤州，

碧波流。

凤翥九天锦簇花团绣。

百花绽，

芬芳艳，

恋人留。

花开花谢美名颂千秋。

第二辑　天物撷趣

秋 蝉

四载隐身月余鸣，
鸣声揪心伴众生。
生之短暂非无情，
情落尘泥又一程。

雀 曰

幸来尘世千百年，
久居深山无人怜。
今逢一群痴情种，
羞煞妾身半遮面。

拍燕鸥记

秋林山庄有鱼塘，
垂钓之人喜若狂。
饵料肥香藏玄机，
无奈鱼儿怎知详。
抬头远望别样景，
鸟痴紧盯塘中央。
燕鸥哺雏忙觅食，
时旋时冲水面上。

寿带鸟

长尾摇曳福带飘，
羽冠丛立欢歌笑。
时而飞翔枝间跳，
时而落地尾羽翘。
时而觅食昆虫叼，
时而返巢哺雏鸟。
花落谁家承祥瑞，
福寿如意吉祥到。

金丝猴

金黄长毛鼻朝天，
灵光尽在眉宇间。
林中穿梭如掠影，
惜子如命何惧险。

蓝喉蜂虎

夜行千里奔红安，
杨山河畔有奇观。
无畏叮蜇实难见，
喜食蜂蝶何惧险。
育雏打洞沙地钻，
尖嘴利爪甚凶残。
蜂之天敌谓蜂虎，
最美小鸟威名传。

梅（二首）

（一）

无意为梅惹人疼，
奈何俗世百君宠。
一朝雪融花凋零，
他日爱尽无人拥。

（二）

文人墨客多喜梅，
岁寒三友梅居奇。
视梅为妻终未娶，
幸遇梅仙似天意。
自祈迁职了相思，
何郎爱梅终成癖。
暗香疏影何曾逝，
高君之后少人及。

赞玉兰

春寒料峭何惧辛，
风摧雨凋岁岁新。
真情不变年年色，
一片芳心赠予君。

竹

亭亭玉立四季青，
不畏霜雪傲骨情。
未出土时节心成，
及凌云处虚怀中。
天生有节虽不同，
高风亮节真品行。
狂风暴雨弯不折，
青春无悔耀世生。

秋 菊

百草渐残菊渐黄，
九九重阳绽芬芳。
若非寿客姗姗到，
把洒东篱无暗香。

洛阳牡丹（二首）

（一）

芳菲四月游东都，
牡丹仙子露娇羞。
笑迎八方惜花人，
艳冠群芳使人留。

（二）

国色天香甲天下，
天人合一无双侠。
三河汇聚绝佳处，
仙子入户百姓家。

绿茶颂

片片嫩芽蕴生命，
瞬入沸水得重生。
一缕阳光入杯中，
粒粒精灵藏好梦。
几经沉浮水充盈，
个中滋味皆不同。
草木馨香上苍赐，
品出人生好心情。

题榴花

五月榴花千叶红，
娇艳何须借春风。
但使移迁香闺畔，
难与佳丽艳态同。

观石妙想（组诗）

鹿回头

回眸一笑千重山，
一路坎坷万道险。
浴火重生无畏难，
重整旗鼓永向前。

天仙配

牛郎织女鹊桥会，
时空难隔成双对。
凄美爱情千古吟，
山盟海誓年年岁。

石 鱼

幸遇落鱼石，
此生他为伍。
任凭张网待，
奈何我人无。

石 雁

误落雁荡山，
终与石为伴。
纵使啼血鸣，
难见爹娘面。

石 肉

远观像块肉，
近看是石头。
虽说难果腹，
怡情何所求。

月光石

一轮明月石上映，
相得益彰天地明。
又是一年中秋夜，
万家团圆享太平。

父 爱

小小奇石天地来，
天工造物厚德载。
款款情深蕴父爱，
炎黄子孙承龙脉。

难

对视无语两茫然，
世事弄人难辨言。
本欲起身离红尘，
奈何影子落人间。

腊 石

三足鼎立何所求，
求得腹中琼脂流。
流向世间济苍生，
生命大爱处处有。

鹊梅石

鹊登梅枝头，
倚贵本无求。
只把喜讯报，
傲骨更风流。

木纹石

仿佛太空星，
落地如铁饼。
纹身巧装饰，
难掩石本性。

错位石

自然神力实难挡，
浑然天成分两旁。
本是同心无异想，
纵使错位勿相忘。

芝麻饼

小小芝麻饼，
粒粒嵌饼中。
天作之合美，
相拥相偎情。

小野菊

喜伴落叶无畏寒，
笑迎秋风舞翩跹。
宁可散香荒野外，
不攀高枝入贵园。

山野花

生于荒野多艰难，
根植蒿蓬丛草间。
有名缺分难入园，
随意摘折少爱怜。
轻风微拂山烂漫，
鲜有游人驻足观。
不与牡丹争国色，
默默无闻共春天。

樱　花

芳华满坠俏媚身，
笑靥斟酒醉余春。
红颜易逝芳心苦，
十里樱花十里尘。

观奇松

夜幕低垂索桥暗，
山脊小道急登攀。
百年奇松遥招手，
意欲一步蟊眼前。
盘根错节身伟岸，
触摸顿觉力无边。
遥想当年楚霸王，
气吞山河已云烟。

柳　絮

无风不起悄度春，
水岸依依惜佳人。
随风摇曳轻拂面，
可怜暗香几日新。

相见欢·邂逅锦鸡

尧山邂逅锦鸡，

嘘声叹。

这厮来去无意实难恋。

苦苦等，

静静候，

终身现。

华丽尊容岂可随意观。

如梦令·红叶

万山层林尽染，

芙蓉朵朵竞艳。

深秋已渐寒，

然心如火爱恋。

抢眼，抢眼，

真情红遍人间。

醉花阴·咏柳

浅见微黄便青青，
　非是借东风。
世倚寄相思，
　怎敢怠慢，
　自知最多情。

可怜天生相平平，
　鲜有人爱怜。
偶然弄姿色，
　任君折赠，
　倒觉一身轻。

卜算子·咏玉兰

寒霜叶还无，
　严裹苞已成。
初立枝头葶似笔，
　欲摹早春梦。

独放似盏莲，

香郁庭院升，

片片芳心赠予君，

辛夷几多情。

卜算子·咏菊

多绽荒野秋，

无悔伴蒿蓬。

憔悴枝叶花恐迟，

实乃我天性。

卿本居天宫，

无意下凡行。

皆因心悦人间情，

恩赐露尊容。

卜算子·咏松

人言我孤傲，
喜居崖上俏。
狂风暴雨难易色，
共与天地老。

叶片化成针，
非我矫揉造，
岁月磨砺坎坷路，
谁人可曾晓？

卜算子·咏柳

才吐几芽蕊，
绿意就上梢。
春风暖阳婀娜姿，
摇曳催春跑。

无意枝头俏，
却恋佳人闹。
垂柳依依映水中，
唯言春已到。

卜算子·咏竹

春泥方苏醒，
吱吱露尖角。
日益渐长节节高，
旧衣褪新袄。

无意空心节，
偏遇他人嘲。
风霜雨雪蕴竹心，
共与竹节操。

卜算子·咏荷

虽植污泥中，
叶蕊亦冰清。
藕节尤存不染心，
实乃天生性。

卿自上古来，
浴火涅磐情。
千蜕万变终难改，
只缘洁身行。

卜算子·咏银杏

初现亿年前，
历四季冰川。
同纲类物皆已绝，
唯君天地间。

生长步履缓，
传宗更艰难。
冬日浸润寒风袭，
遍地情使然。

卜算子·咏桃花

寒意未褪尽，
苞蕊竞相绽。
粉嫩娇羞萼似唇，
惹得佳人恋。

无限柔媚态，
笑迎山水间。
宛若醉霞绯红云，
争奇更斗艳。

卜算子·胡杨

叶似杨柳形，

却无温润缘，

盐碱寒暑交替残，

惊魂大漠滩。

苦命落荒漠，

尾随流沙牵，

守望边关终无悔，

生死三千年。

第三辑　衷情往忆

哺育情

春生至初夏，
诗洋渐长大。
三月哺育情，
开口乐咿呀。
几多不眠夜，
啼声牵全家。
如今讨人悦，
人见人爱夸。

稚孙词

闻爷不上班，
稚孙甚喜欢。
声声至此后，
天天有亲伴。
晨起送入园，
暮色接家还。
偷得半日时，
家务也难闲。
晚饭才稍歇，

急唤陪其玩。

洗漱入睡前，

故事听不断。

从今爷无我，

爷心为孙甘。

玩

岁首难得宅家闲，

萌孙急呼外出玩。

几经询问知去处，

丰庆公园欲划船。

入园才知冰锁湖，

游人罕至正冬寒。

游乐场里过几招，

乡党面馆周身暖。

等

怀揣丝丝情意，
静待微风拂起。
桃红柳绿之时，
我在南山等伊。

感 念

假期回古城，
顺把父母探。
一碗手擀面，
酸涩涌心间。
老母近八旬，
仍把儿孙惦。
平日工作忙，
无暇身旁伴。
生活琐碎事，
二老共肩担。
偶尔旧疾痛，
不与儿女言。
日子平淡过，

克勤又克俭。
邻里和睦处，
仁厚心底宽。
儿孙之楷模，
齐家之典范。
唯愿父母安，
待儿退休还。
力尽人间孝，
了却儿心愿。
如若有来生，
誓为好儿男。

共　诉

睡前几页闲书，
只当催眠之术。
梦里花前月下，
唯愿与卿共诉。

怜　惜

曾经长发及腰处，
为谁绾卷为谁乌。
可怜已成过往事，
忧思烦愁化唏嘘。

梦　里

夜半将眠随入梦，
梦里牵卿赏花灯。
灯火阑珊长安城，
城南居家暖融融。

模 样

桃红柳绿春上，
闲看屋前池塘。
鱼游鸭欢鸟唱，
不见伊人模样。

溺爱之害

爱子人之常情，
无微不至慎行。
一味包办馈赠，
抑或渐变陷阱。
依赖滋养惰性，
必将坐吃山空。
立足无计可施，
溺爱抱憾终生。

启　蒙

光头稚子寻声看，
听爷吟诗手足欢。
虽难领悟其中意，
喜形于色眉宇间。

来世愿（三首）

（一）

来世愿为一棵松，
为卿坚守四季青。
风摧雨袭永不凋，
寒霜冰雪爱从容。

（二）

来世愿为一棵枫，
伴卿春夏到秋冬。
青绿红黄各含情，
片片丹心爱意浓。

（三）

来世愿为一藤蔓，

附卿芳躯无悔言。

相依相偎诉缠绵，

风雨路上同比肩。

为 伊

情思何所寄，

静候春风起。

垂柳知我心，

摇曳只为伊。

初冬探友

日暮霓虹千河畔，
轻风微寒亦觉暖。
谈笑风生诉衷肠，
推心置腹互励勉。

复友人

春风春雨漾春心，
诗洋千里暖秦人。
四月樱绽芳菲季，
他日把酒再话春。

归隐田园

——夏日探望鹤峰兄语寄

少蒙严父恩，

自幼本性善。

倾力赴前程，

弹指三十年。

青壮已不复，

老当亦康健。

解甲离城中，

隐身归故园。

居宅二分三，

砖室五六间。

中堂敬伟人，

侧厅奉四贤。

乐为渔樵业，

谨记耕读传。

墙内花枝茂，

墙外果蔬繁。

热心村民事，

常解邻里难。

日复三餐食，

多时随心愿。

晨闻鸡鸣起，
夜听犬吠眠。
常怀恬淡心，
岁月自安澜。

无　题

少时家住姜塬乡，
乌瓦木檩土坯房。
玻璃海棠惹人爱，
柳絮纷飞满庭芳。
漆水河畔瓜果香，
报本塔里捉迷藏。
昔日玩伴今何在？
却说梦里终难忘。

祝　福

烫金红本捧胸前，
两颗爱心喜结缘。
从此步入幸福路，
一生一世永相伴。

蝶恋花

遥想当年豪情满，
君出散关，
卿嘱千千遍。
然业未竟人未闲，
夜深孤寂有诗伴。

偶有蝉噪神不安，
常思戒语，
自知深和浅。
微信音书似鸿雁，
心牵何惧两地远。

寄相思

星稀月残凄风寒，
我执杯盏浇愁眠。
哀叹暮年常独处，
唯愿余生伴红颜。

鹧鸪天·代人赋

古城春上桃花艳，
静夜灯火渐阑珊。
丑时婴啼心落地，
人间添一好儿男。

家延嗣，合家欢，
无奈昼夜围孙转。
情知从此难自由，
克己忘我也心甘。

鹧鸪天·赠卿

又见楼下榴花红，
曾经榆梅已成空。
尘心怎化风中絮，
梦里欲觅水中英。

春迟暮，花飘零，
枝繁叶茂寄深情。
静夜声声子规啼，
与卿两悦心相通。

卜算子·赠卿

楼外蜡梅绽，
室内玫瑰香。
风霜雨雪数十载，
唯爱伴身旁。

纵使江海竭，
依然勿相忘。
余生只愿与卿度，
厮守岁月长。

虞美人·致中年女子

谁任芳华难长青？
　无情辞颜镜。
算来半生青渐黄，
却酿得一坛陈年佳酿。

骄阳纵指间滑落，
　秋月亦温热。
君问哪有回春路？
应在吾汝情顾心里头。

虞美人·一世恋

春花秋月岁有时，
　往事历历记。
曾经弄玉慕萧郎，
山盟海誓天地日月长。

年近花甲情不移，
　初心更相惜。
君问可否终生伴？
余愿倾其所有一世恋。

鹊桥仙·凡尘芙蓉屋

银钩辉映，
繁星闪烁，
牵牛织女归路。
人间佳话知多少，
却引词人竞无数。

秋冬春夏，
几度芳华，
一梦醒时荣枯。
世人皆慕天仙配，
吾恋凡尘芙蓉屋。

桂殿秋·独思念

隔重山，独思念，
仙子抚孙围家转。
旺峪河畔吾自顾，
天高云淡秋风寒。

南乡子·卿送君

回首望古城，
但见高楼不见卿。
谁似城南矗天塔，
亭亭。
迎君西来送君行。

归途清风冷，
形单影只梦不成。
今夜无眠孤灯暗，
荧荧。
深秋初冬泪成冰。

长相思·团圆

今夜圆，明夜圆，
广寒宫中无人怜，
嫦娥谁来伴？

杯儿满，心儿满，
吾家团圆孙儿欢，
婵娟亦身边。

谒金门·声声曲

声声曲，
音符旋绕心里。
激情广场舞步疾，
婀娜多姿起。

倚窗侧俯寻觅，
未有身躯娉婷。
每日望卿卿不至，
家居伴儿女。

忆江南·舞起处

舞起处，悠扬拂心里。
婀娜多姿小蛮腰，
花红柳绿炫步急。
仙子何处起？

浪淘沙·念亲

白露生寒烟，
秋雨绵绵。
锦缎难耐三更寒，
梦里念亲时惊醒，
夜深难安。

独自倚床边，
愁绪万千。
高堂年迈家居远，
余肩责任无暇顾，
有心少闲。

长相思·祭父周年

姜塬乡，盘坡上，
锥心刺骨不愿想，
家严今何方？

哭一场，梦一场，
年年祭日痛断肠，
天国可安详。

山坡羊·清明姜塬

姜塬横岫，漆河竞秀，
滩里熙攘已非旧。
然清明，如深秋。

盘坡焚香跪坟头，
难见家严何处游？
心，独自愁；
泪，独自流。

生查子·相思

去年七夕夜，
亲朋佳肴酬。
织女伴牛郎，
心怡别无求。
今年七夕夜，
美味仍依旧。
织女今何在？
思念上心头。

蝶恋花·夏日守望

晨曦微露五更起。
弯腰挥镰，
劳碌却心喜。
一季守望萦梦里，
无故谁会感天地。

如今字里寻乡愁。
偶探父母，
酸涩涌心头。

一生辛苦何所求？
子孙平安度春秋。

第四辑 流年走笔

◎ 拾 韵

春 雪

白雪皑皑枝头俏，
却是银蛇姗姗到。
漫天飞舞争春色，
爱意融尽难妖娆。

春雨（二首）

（一）

天赐祥瑞拂花醒，
惊扰生灵焦渴梦。
柳絮飞花蕴爱意，
玉兰娇羞惹人疼。

（二）

根根晶线飘满天，

丝丝情意为哪般。

浸润万物轻拂面，

恩施千壑汇山涧。

破土而出绿茸茸，

久旱逢霖泪点点。

天地之间往复回，

春雨绵绵苍生暖。

二月二

青龙时节农耕忙，

皇娘送饭暖心房。

御驾亲耕一亩三，

伏羲勤劳重农桑。

黄尧舜禹皆奉上，

祈雨盼丰求吉祥。

庶民大幸食为本，

物阜民丰国必强。

洋县三月春色

碧波金甲交辉映，
烟柳依依蜂花鸣。
百鸟嬉闹滧河中，
朱鹮似凤落梧桐。

知秋（四首）

（一）

坐看秋色枫叶红，
凝望秋水影重重。
云卷云舒画意浓，
静美无尘心中升。

（二）

山穷水尽叶成空，
风情万种岁岁成。
纵使岁月各东西，
依稀可见昔日影。

（三）

今秋落花流水声，
明春花开仍依旧。
真情如若不珍惜，
瞬间转身成陌路。

（四）

一季落花淡流年，
一片落叶染秋色。
一缕秋风掩心事，
一滴秋露凝寂寞。

秋 心

中秋瞬逝天渐凉，
日月轮回谁人挡？
落花流水两茫茫，
秋风残叶勿商量。

秋色田园

群山尽染如画，
霜叶片片流丹。
卧牛秋阳闻笛，
田陌茅舍炊烟。
丹桂香溢沁心，
槛菊柴门闻犬。
稚子岸边嬉戏，
家畜院中撒欢。
青壮荷锄田园，
翁妪自在悠闲。
游人如痴如醉，
嗟呼仙境一般。

暮　春

北国春意正酣，
花红柳绿竞艳。
青杏笑挂枝头，
春笋勃发庭前。

暮秋雨日

雨打残叶泪涟涟，
露滋衰草盼来年。
四季朱颜自更迭，
画工调色情使然。

闹　春

微风和煦暖阳照，
含苞欲放催人笑。
古城春上春光美，
窈窕淑女君子闹。

秋 夕

霸王秋色似锦屏，
蝉声渐稀非无情。
旺河夜晚凉风拂，
仰望牵牛织女星。

春 耕

丝丝细雨润花红，
蒙蒙雾气沁心脾。
且看田间荷锄忙，
人勤春早年必丰。

春 归

轻风拂面暖意归，
又见柳枝吐新蕊。
喜看田间劳作忙，
春播秋收自轮回。

冬初游

吾本山中客，
缘何作远游。
身边日亦暖，
家中怎能留。

秋　声

才嗅池塘荷香浓，
岸堤柳叶已秋声。
云水禅心悄然至，
箫音琴韵皆空灵。

再吟雪

昨夜悄然无声来，
晨起已是天地白。
谁家仙子恋尘世，
涕泪遥思望春台。

雪　梅

雪恋梅花梅应知，
拥依梅上做花痴。
可怜芳心一瞬逝，
点点滴滴皆成思。

吟重阳节

岁岁重阳今重阳，
登高望远思故乡。
心随太白醉一回，
梦闻五柳菊圃香。
遍插茱萸几多情，
红叶愁烟斗寒霜。
劝君莫道桑榆晚，
壮心不已戏残阳。

如梦令·追秋

周末邀友驾游，
日穿三县追秋。
奔波难得休，
颠簸疲惫皆有。
幸甚，幸甚，
暮色抢眼尽收。

捣练子·寒露

露欲凝，
霜渐行，
老树残叶将凋零。
秋夜寒鸦声声凄，
皎月入水似明镜。

十六字令

风

风，
来去无影行无踪。
树欲静，
且看风中风。

雨

雨，
天赐甘露万物浴。
上苍泪，
怜物人丰裕。

云

云，
雨滴前世之情人。
为伊陨，
甘屈爱君身。

春禾诗词选

天净沙·雪

万千精灵如仙，
随风漫舞山川，
娇柔倾情拂面。
天赐福缘，
梦里与谁清欢？

杏花天·踏春

褪去冬衣身轻巧，
沐春光、万物争俏。
百鸟鸣春欢声笑，
川里草木渐茂。

入桃林、稚子嬉闹，
花海中、老妪亦娆。
叹流年似水消殒，
时不待我应早。

踏莎行·暮春

繁华绽尽，

绿意葱茏。

莫怨时光太匆匆。

天律有序岁更迭，

来年春上花又红。

人至暮年，

眼花耳聋。

白驹过隙一场梦。

步履蹒跚枝叶疏，

且行且惜应珍重。

踏莎行·2017年春雪

阡陌纵横，

村庄白首。

谁知冬雪因何误？

姗姗迟步俏争春，

却作飞花漫天舞。

沃野千里，
碎玉凝露。
茫茫秦川路疑无。
怎奈春光催人急，
融入大地难再酷。

青玉案·冬

白雪皑皑漫天舞，
旺河寂、霸王素。
徒有白松俏无数。
滩涂萧瑟，林寒涧肃，
谁被坚冰缚。

天涯孤旅不觉苦，
风雪无情书有途。
漫漫长夜何以度？
邀友品茗，话谈千古，
且把西凤煮。

◎ 节 气

立 春

冬去物醒莺渐畅,
春至水岸闻柳香。
又是一年好时节,
祈愿句芒送吉祥。

雨 水

春雨润物冰雪开,
草木萌动鸿雁来。
东风应晓心中事,
残雪轻雨解情怀。

惊　蛰

春雷启蛰黄鹂鸣，
鹰化为鸠复本形。
农家从此无人闲，
欲盼丰年锄难停。

春　分

昼夜均分寒暑平，
燕来雨伴雷电鸣。
桃李欲绽柳絮飞，
莺飞草长麦返青。

清明（三首）

（一）

丝丝凄雨正清明，
孝子贤孙倾家行。
青烟袅袅升天国，
仙人遗训记心中。

（二）

清风丝雨断续无，
烟柳拂面溅泪珠。
花落一地应无意，
幻化尘泥慰英祖。

（三）

白桐花开始见虹，
冷雨清风皆伴行。
摆案焚香祭亡灵，
供品何曾逝者拥？
谨记生前尽孝道，
免得坟头锥心痛。
常怀感恩敬长辈，
福佑子孙世代宁。

谷　雨

暮春萍生布谷鸣，
掩瓜种豆戴胜行。
仓颉壮举感玉帝，
天降谷雨念神灵。

立　夏

蛙鸣蚯出苦菜香，
斗指东南万物旺。
炎暑将近雨水频，
翘望丰年勤农忙。

小 满

荒滩野地苦菜长，
宝钏寒窑充饥肠。
蚕妇煮蚕麦秋香，
车神白水愿涌旺。

芒 种

螳生鵙鸣反舌停，
有芒之谷正忙种。
插秧收麦时不待，
安苗煮梅祈年丰。

夏 至

阳极阴生蝉始鸣，
鹿角开脱半夏生。
白昼日渐短一线，
生菜凉面居上乘。

小 暑

蟋蟀居宇热浪来，
鹰击长空未敢怠。
静气养阳护心神，
劳逸结合人安泰。

大　暑

草长莺飞大雨行，
日盛润溽斗指丙。
益气滋阴各色粥，
苦涩清热一身轻。

立　秋

凉风将至白露生，
斗指西南寒蝉鸣。
物换星移渐近秋，
润肺养胃几多行。

处暑（三首）

（一）

酷暑渐褪天渐凉，
藏扇久眠夜闭窗。
天朗云疏蝉声咽，
静待金秋好时光。

（二）

处暑雨涟涟，
身不沾衣衫。
从此无酷热，
秋色待满园。

（三）

天地始肃禾乃登，
鹰祭鸟亡扇无功。
荷灯普渡孤野魂，
开渔将至惠苍生。

白 露

昼暖夜寒鸿雁来，
凝珠润叶惹人爱。
群鸟养羞玄鸟归，
添衣加被莫懈怠。

秋 分

平分秋色雷声收，
蛰伏坯户水始愁。
闻鸡起舞敛神气，
甘酸润肺阴阳侔。

寒　露

队队鸿雁忙南迁，
忽现蛤蜊雀难见。
蝉噤荷残斗指戊，
菊始黄花情迥然。

霜　降

气肃阴始露凝霜，
豺狼祭兽草木黄。
蛰虫咸俯入眠中，
千里沃野菊独芳。

立 冬

寒风乍起水始冰，
万物敛藏地启冻。
清霜难及黄花秀，
立冬饺子补嘴空。

小 雪

荷尽菊残傲霜枝，
万物凋败应有时。
雨薄气寒凝为雪，
天地闭塞害虫失。

大 雪

荔挺抽芽鹃无声，
阴极阳萌虎交行。
重雪压枝奈我何？
皑皑白绵兆年丰。

冬 至

蚯蚓蜷蛰泉水动，
麋角开解阳气生。
冬节一日长一线，
遍吃水饺祭仲景。

小　寒

小寒渐寒雁北乡，
鹊始筑巢雉雏畅。
万木萧索无俏枝，
唯有傲雪寒梅香。

大　寒

鹰隼厉疾鸡雏抱，
水泽腹坚稚子闹。
杀猪宰羊御大寒，
檐头冰乳清辉耀。

第五辑 岁月有声

雨夜情思

雨打秋叶声声寒，
举杯邀月空无还。
隔窗听雨闻秋香，
把盏品茗悟道禅。

百姓愿

日食三餐无公害，
夜无噩梦自醒来。
徒步十分上得班，
无须八时辛苦外。
闲暇时光好友伴，
品茶博弈抒情怀。
邻里和睦夫妻惜，
妻贤子孝国安泰。

清平乐·中秋致友人

阴云蔽天。

玉兔实难现。

今夜中秋别样年。

思念挂于心间。

遥望古城夜色，

难见铅硐风光。

牵肠多少知己，

心中繁星荡漾。

贺教师节

丝尽烛干无所求，

呕心沥血写春秋。

春播桃李三千圃，

秋收硕果遍神州。

无题（二首）

（一）

曾经沧海擦过肩，
回眸一笑烙心田。
如今隔岸相守望，
遥视无语纵千年。

（二）

寒霜眷顾枫叶红，
一枝一叶总关情。
青绿黄红又一年，
曲终人散盼来生。

农家乐

好友相邀聚晚餐，
农家饭菜美味鲜。
夏日炎炎坐塘边，
清风徐徐不觉烦。
举头远眺秦岭山，
蓝天白云清晰观。
如此景色不多遇，
治雾遏霾功德现。

笔耕一载

文山拓荒整一载，
志如磐石倾心爱。
豪情聚涌天地来，
五味杂陈终难改。
妙景美食笔下菜，
真情实感无不在。
生命轮回始有终，
精神永动乾坤泰。

创 作

试游文海不放松，
闲言碎语枉费功。
敞开心扉献真心，
诗词伴吾快乐行。

打羽毛球有感

小小羽球异域来，
绿茵场上尽开怀。
扣吊劈杀招数怪，
略施绝技实难猜。
猛虎下山势如海，
蛟龙出水溢华彩。
挥洒汗水体康健，
舒筋活脉心安泰。

放蜂人

放蜂不怕远征难，
怀揣梦想何惧远。
板房帐篷粗茶饭，
远离故乡亲思念。
初春寒风透骨钻，
夏日潮热蒸笼般。
寻觅蜂花闯南北，
祈愿还乡比蜜甜。

蹲拍记

波光粼粼金蒲黄，
翠鸟衔鱼湖面翔。
过往行人围观止，
笑问鸟痴为何忙。

感　恩

心怀感恩人之本，
最感父母养育恩。
羊有跪乳图报心，
鸦知反哺情义深。
参天大树叶归根，
根深叶茂情感人。
为人常记千古训，
感恩戴德天地亲。

读《寒窑赋》有感

状元宰相吕蒙正，
千古奇文世传诵。
天有不测风云时，
人有旦夕祸福行。
命中注定时运济，
人无时运命难通。
得到之时岂尽用，
天地万物有始终。

三杯兴

深知肩上有重担，
怎可放纵痛饮欢。
酒逢知己三杯兴，
香茗一盏尽开颜。

晨　练

晨曦微露登后山，
万物初醒鸟儿欢。
但见远处一老者，
挥鞭牧羊在山巅。

收 麦

麦浪滚滚麦穗香，
珍珠粒粒蕴吉祥。
又是一年丰收季，
一粥一饭念上苍。

谷雨夜偶感

细草知劲风，
小棹荡夜舟。
浩瀚天无际，
滔滔江水流。
名岂纸上意，
倚因几时休。
悠悠见君心，
忽忽一沙鸥。

伏 尽

梦里丝丝凉风袭，
夜半绵绵雨淅沥。
酷暑炎炎已殆尽，
硕果累累如约期。

忘 我

终日劳碌却为何？
踏破芒鞋肩责多。
千击万磨还坚劲，
几近耳顺已忘我。

纳 凉

热浪袭来何处藏，
树荫檐下巧纳凉。
秦岭山中好去处，
遍寻菡萏自在香。

庆百年

——观木塔寺社区庆祝建党 100 周年纳凉晚会

夜幕渐临曲悠扬，

灯火璀璨歌嘹亮。

木塔寨民庆百年，

唱支山歌诉衷肠。

韩英铁梅齐上阵，

甘洒热血求解放。

唯愿祖国更强大，

百姓安居紧跟党。

夜游木塔寺公园

西风吹冷莲花身，

一瓣花蕊遭毁损。

吾心仰天向明月，

不知愧对哪位君。

酒　情

壶中藏乾坤，
煮酒论英雄。
古今多少事，
皆付笑谈中。
杯水若醉人，
方能见真性。
道是抒情物，
确也最伤情。

晨起偶悟

甭管世人怎对我，
自处超然报以歌。
若被雾障终日困，
心无阳光何言乐。

如梦令·往忆

依稀漆水河畔，
玩性忘却家返。
日暮路难见，
误入滩里瓜田。
犯难，犯难，
如何寻路而还？

青玉案·夜幕纳凉

夏末无雨蒸笼煮，
胸中闷，因秋暑，
饭后茶余急出屋。
歌声嘹亮，激情热舞，
劲爆幸福谱。

商铺门口二三五，
弈棋众观听谁和？
广场小儿随处踱。
襁褓摇曳，蹒跚学步，
长者乐中苦。

捣练子·谒国殇墓园（四首）

（一）

坟头隆，

铸永恒。

九千将士卧腾冲。

身似利剑射残阳，

魂系大地血染红。

（二）

花蕊里，

晨露醒。

润根泉下慰亡灵。

御敌苦战百余日，

血染城池脊梁挺。

（三）

拾级上，

蜂蝶嗡。

松柏簇拥笼坟茔，

难闻畹町厮杀声，

红土亦埋鬼魅影。

（四）

墓碑上，

镌英灵。

舍生取义献忠诚。

初心长留天地间，

仰望星空化图腾。

相见欢·元宵夜

残雪轻风孤影，

对难成。

梦里长安灯火阑珊中。

伴亲朋，

逛南城，

赏花灯。

醒时孑身原是一场空。

调笑令·高考

学子，学子，
十载寒窗孤灯。
学海苦舟逆行，
左盼右盼功成。
成功，成功，
踔厉再启新程。

唐多令·过凤州

花红碧波秀，
江水伴车流。
七年间频过凤州。
曾经熟识犹陌路，
变之快，目难收。

祈福诚叩首，
信徒几时休？
去了旧忧添新愁。
欲脱凡尘琐碎事，
终不能，必有忧。

天净沙·忆童年

蝈蝈弹珠漫画，
发糕咸菜地瓜，
粗布土坯农家。
围坐喇叭，
笑谈评书夜话。

临江仙·清明

云深雾重自清明，
夜雨凄凄话凉。
落花满地意尤长。
绽时满园春，
入泥亦留香。

又逢一载春醒时，
神情彷徨自伤。
借问牧童酒何方？
欲饮思故人，
天堂可安详？

中国传统八大雅（八首）

琴

高山流水千年颂，

知音一曲传美名。

曲高和寡无人识，

偶遇知己结友情。

仁者乐山志行远，

智者乐水趣投同。

伯牙断弦又绝音，

子期已杳与谁听。

棋

无刀无枪起硝烟，

有马有炮斗方田。

智者千虑巧谋局，

愚人急功顾眼前。

一招弃子有深意，

暗藏杀机实凶险。

人生如棋局局新，

步步为营方寸间。

书

无根无叶无滋养，
有血有肉有芬芳。
千秋万代兴替事，
百页千行书端详。
世间困惑与烦恼，
字字珠玑解迷茫。
人类文明得传承，
春秋雅事一毫藏。

画

无声无息无至亲，
直把冷眼观红尘。
秀美山川跃纸上，
奇观风云足乱真。
盛夏高雪不觉冷，
寒冬暖阳也无神。
古今多少身外事，
水墨丹青赋后人。

诗

天地万物皆入诗，
日月星辰亦可记。
喜怒哀乐左右伴，
悲欢离合寻常事。
梦里遣词近痴癫，
醒来造句常忘食。
偶得佳作急唤友，
与君共赏不知时。

酒

五谷精酿味醇香，
八碗豪饮不过岗。
李白斗酒诗百首，
武松打虎今何方。
欢喜推杯情意重，
烦愁换盏愁断肠。
成也萧何败亦何，
唯我独尊岁月长。

花

混迹尘世杂草丛，
随风枯荣任摆弄。
只因能博世人悦，
终得登堂入室中。
可怜天赐貌不同，
冷落宠幸与谁鸣。
四季花开知时节，
春夏秋冬不了情。

茶

本是凡尘一精灵，
粒粒沁心受人宠。
绿水青山着我意，
薄雾轻烟合君性。
饱吸天地真灵气，
广纳日月大光明。
帘外疾风知冷暖，
壶中温润自多情。

茶 凉

把杯畅饮世间情，
物是人非俱随风。
人走茶凉非缘尽，
相逢未必有同声。

遗 憾

岁月易逝人易老，
世间真情不可少。
善行孝举须紧行，
莫留遗憾仰天啸。

旅 游

同路览胜景，
感触各不同。
有心观光人，
玄妙不言中。

匆

匆来尘世天地间，
幸遇太平盛世年。
步入高校苦耕耘，
踏上征途勤敬勉。
每遇坎坷贵人助，
人生路上亲友伴。
自知已过天命年，
无须扬鞭身难安。

独 处

心灵亦有家，
魂魄须净化。
独看本真我，
安得一广厦。

人生一字梦

一生一世一梦境，
一片赤诚一深情。
一梦一醒一瞬间，
一抔黄土一坟茔。

容　颜

世人迷恋羞花颜，
哪知美丽昙花现。
貌美只能蒙双眼，
怎抵仁爱润心田。

爱

繁华浮世千重变，
应留真情在人间。
两情相悦乐无穷，
莫问是劫还是缘。

春禾诗词选

悟　诗

他人言诗多烦躁，
我喜诗词乐逍遥。
阅尽人间千百态，
道明尘世玄与妙。

君　知

酒壮熊胆悔终生，
茶醒心智功名成。
万丈红尘三杯酒，
千秋大业一壶茗。

惋　叹

西施昭君伴貂蝉，
鲜有贵妃出玉环。
哪个不曾倾国颜，
空留哀惋在坊间。

难　安

置放肉身天地间，
安托心灵何等难。
身心合一互充盈，
游刃有余纵万千。

箴　言

酒逢知己千杯饮，
诗遇同声方可吟。
话与明理智者讲，
情悦厚道才知心。

酒　训

饮酒重开怀，
戾气勿上身。
有缘才相聚，
莫做伤情人。

晨悟（二首）

（一）

吾本尘世一凡客，
怎弃红尘做佛陀。
善念慈悲驻于心，
菩提树下便是佛。

（二）

逝去皆成流年，
往事已随云烟。
心若天高云淡，
行能宁静致远。

遥　思

天不作美嫦娥悔，
人间往事吴刚随。
有月无月奈我何，
心似碧海寄清辉。

读　书

读书乐何如？
庭院草忘锄。
苦读未觉苦，
闲闷恰适读。
世间疑惑事，
多是书中述。
圣贤也放言，
真读几墙书。

熬

谁人不曾受煎熬，
凡夫怎能脱困扰。
淡看世间不如意，
熬得一生万事销。

偶悟（二首）

（一）

人言我心善，
我道心广宽。
平生多随缘，
坦荡少人闲。
真诚结益友，
勤勉度难关。
淡看烦扰事，
从容每一天。

（二）

一世与人善念多，
缘深缘浅谁之过。
长叹人心不如水，
等闲平湖起秋波。

第六辑 杂感语丝

◎ 食 味

锅 贴

锅小乾坤大，
贴心日月长。
留得美名在，
十里八街香。

豆 腐

小小黄豆似相同，
只只精灵藏其中。
浸润研磨浆液浓，
神水点化美味融。
造者顺其自然成，
食者知足常乐行。
百姓餐桌不觉鲜，
千古佳肴天馈赠。

火　锅

水煮油烹热气腾，
千呼万唤麻辣中。
煮入世间烦心事，
烹出人生好心情。

饺　子

更岁饺子形各异，
吉祥之皮包如意。
荤素蒸煮个中味，
喜庆团圆共除夕。

搅　团

千搅万团难成形，
惟妙惟肖水围城。
饱胀能耐坡上行，
四季皆宜味无穷。

兰州牛肉面

搓揉盘溜赋生灵，
精选食材溶汤中。
一清二白汤色净，
三红四绿鲜香腾。
蓬草灰碱五黄明，
爽滑筋道天赐成。
醒胃明目无虚名，
热情奔放好秉性。

凉 皮

和揉搓洗白浆浓，
脱胎换骨笼中成。
晶莹剔透红油恋，
老幼皆宜四季行。

麻 花

千搓万拧方成型，
一条白蟒入油中。
左翻右滚瞬蜕变，
无所畏惧滚烫行。

岐山臊子面

纤细匀溜薄筋光，
气腾红油煎辣汪。
红黄绿白黑五类，
游弋醋湖稀酸香。

肉夹馍

皮焦酥脆麦香浓，
肉嫩汁满在其中。
恰似天地夹乾坤，
相偎相依浑圆成。

烧 烤

青烟缭绕雾气升，
千烧万烤瘦身成。
上下翻腾实煎熬，
个中滋味实难同。

羊肉泡

料重味醇色晶莹，
肉烂汤浓热气腾。
食之强健驱寒冬，
造就汉子豪迈情。

杨凌蘸水面

油红汤汪蒜香浓，
一条白龙踞潭中。
徐徐上岸入口来，
滑溜筋道天作成。

浪淘沙·留坝米皮

晨起五更天，
灯火阑珊，
热气已腾厨作间。
佳肴美味香飘散，
麻辣馋涎。

馔味越千年，
初始秦汉，
料定留侯应喜欢。
紫柏山下久流传，
请君一碗。

腊八粥

赤豆打鬼着实悬，
祛疾迎祥真心愿。
修城筑堡役黎民，
缺衣少食苦不堪。
岳军御敌恰严冬，
千家粥济得凯旋。
世人应谙其中意，
勤俭美德永流传。

水果（五首）

樱 桃

樱桃形小晶莹透，
黄似蜜腊琼脂流。
味甘性温滋肝肾，
富铁益妇居果首。

葡 萄

四分天下有其一，
食之酿酒色各异。
健脾和胃助消化，
水晶明珠浪无虚。

草 莓

心形鲜美红嫩妆，
肉多汁丰浓郁香。
老幼皆宜强体魄，
明目养肝高营养。

猕猴桃

身长绒毛口感奇，
莓蕉梨味三合一。
美容养颜女子爱，
延年益寿老者惜。

西 瓜

瓜中之王异域来，
瓤色红黄罕见白。
性寒味甘解酒毒，
皮之入药利尿快。

赞至圣（四首）

治 学

私塾鼻祖孔圣贤，
门下学子足三千。
齐家治国安天下，
七十二贤道义担。
因材施教重启蒙，
温故知新一反三。
学思并蓄求实践，
仁义礼智刻心间。

先 师

三岁丧父家贫寒，
一十有五学志坚。
学而不厌择其善，
私学先驱日月鉴。
颠沛流离游列国，
安贫乐道礼当先。
诗书礼乐与春秋，
世代敬仰永流传。

春禾诗词选

学 琴

师从师襄学鼓琴，
未得其数亦不肯。
已得其数得其志，
终得为人方为真。

义利观

义利之辩千百年，
众人皆晓义为先。
凡事成效客观看，
利大义时也堪赞。

苏武赞

持节牧羊北海边，
旷世蒙难谁人还。
士可杀来不可辱，
忠君爱国几人先。

赞张骞

万里苦行承王命，
欲说月氏抗匈奴。
两遭囚禁十余载，
与妻生子志未休。
使命未果商路通，
天子赐号博望侯。
汉夷文化互交融，
丝绸商路贯亚欧。

包拯（三首）

（一）

少有孝行闻乡里，
晚具直节见神坛。
不畏权贵冒死谏，
爱民如子不苟言。
箭杆黄鳝马蹄鳖，
情急误语丹心见。
岁满不携一端砚，
百姓世奉包青天。

（二）

包河藕无丝，

丝断无意亲。

非是无情汉，

犹见不染心。

（三）

炒面代餐嫂娘亲，

叔侄同侍良苦心。

龙图今生无以报，

只求来世谢深恩。

岳飞颂（三首）

（一）

一生沙场为抗金，

不求功名献忠心。

奢望天赐得明君，

偏逢昏主遇佞臣。

欲将心事付瑶琴，

无奈谁识弦断音。

自古英雄多悲催，

青山有幸埋忠魂。

（二）

文韬武略纵一身，

乐善好施见仁心。

丰功伟绩载千秋，

千百世后如见人。

（三）

若内不能克事亲，

外岂复省爱主君。

孝忠本是同根生，

不孝之人难忠心。

赞郑和

大明德威传异域，

七下西洋史未及。

奇珍异宝通有无，

播撒文明兼贸易。

水涌浪叠勇往前，

越洋领先创奇迹。

芸芸众词纵难一，

航海规模堪无敌。

曹操颂

少遇蛟龙无惧险，
草创乱世常艰难。
放荡不羁憎权贵，
无畏豪强严法典。
文韬武略奇制胜，
不拘出身纳英贤。
雅性节俭以率先，
分香之时情使然。

赞王洛宾

耕耘乐坛六十载，
呕心沥血千首爱。
情意神奇传中外，
民族瑰宝溢华彩，
十八狱灾亦抒怀，
捻米舔骨游乐海。
世流五百立宏愿，
振兴民乐创未来。

天净沙·思焦裕禄

恶风盐碱黄沙，

足迹遍布千家，

鞠躬尽瘁为啥？

百姓想他，

英灵魂归天涯。

相见欢·缅怀屈原

舍生取义沉江，

寸断肠，

怀沙一曲千古吟绝唱。

黄酒壮，

龙舟荡，

棕叶香，

壮志未酬含恨奏华章。

◎ 职 说

安全迎检

大雪无雪山水寒，
诸君莅临身心暖。
安全牵系千万家，
不负使命保平安。

安全工作有感

雄心难撼市场寒，
年近花甲任重远。
驰骋职场尽责为，
安全利剑头顶悬。
主体责任应知晓，
安责定位是关键。
深学透悟身力行，
为他为己保平安。

观上海滩新感

群雄逐鹿上海滩，
抛家舍业荡险船。
长歌一曲强企梦，
披星戴月非等闲。
市场大潮暗礁险，
气定神闲须历练。
泰山压顶不弯腰，
扬帆远航梦成仙。

归

年兴未尽踏归途，
职责所系不觉苦。
山路崎岖车流急，
谨慎自驾莫含糊。

破局感怀

一腔热血谋发展，
雪域高原负重肩。
立足未稳生巨变，
亦进亦退两难断。
绞尽脑汁捕商机，
果断决策共克难。
缜密运筹赋真情，
险中求胜皆大欢。

如梦令·幸福宝鸡

蓝天碧波路网，
渭水鱼欢鸟唱。
村镇似画廊，
如烟尽染陈仓。
云上，云上，
宜居富足安康。

江城子·千里来闯荡

曾记出征意纵放，
心欢畅，不彷徨。
孑然一身，
千里来闯荡。
洪荒力挽满月弓，
情万丈，无惧狼。

而今难发少年狂，
志亦旺，有所想。
持节初心，
鬓白又何妨？
谋篇布局图大业，
左手握，右肩扛。

沁园春·钼城辉煌六十载

闪耀秦岭，钼业明珠，
享誉全球。
纵览产业链，近乎囊括，
采选精良，冶化兼优。
内外市场，星罗棋布，
游弋商海何须愁。
待时日，必引领风骚，
尽显风流。

如此更胜一筹，
引志士豪杰决意留。
无畏干打垒，满怀憧憬，
文浴河畔，书写春秋。
几代愚公，披星戴月，
子子孙孙可曾休？
筑伟业，新时代潮人，
无愧钼都。

闻歌感怀

——《铅硐山矿业之歌》歌咏比赛即兴

企歌嘹亮绕山间，
叩击灵魂润心田。
遥想当年蛮荒地，
怀揣梦想何惧难。
土坯竹席少油餐，
天当帐篷地作棉。
喜看今朝凌云志，
他日功成笑开颜。

第七辑　新诗

安逸·异类

谁人不想安逸

这是本真的人性

也是自强的真谛

谁人不想安逸

这是多少人梦寐以求的

渴望和期冀

谁人不想安逸

可知它

源自于勤劳者的汗水

奋斗者的足迹

冒险家的胆识

流血者的痛苦

牺牲者的身躯

我也是凡胎肉体

我也不是金刚之躯

我也有疲惫和倦意

我也有烦心不安时的

躁动和脾气

可我的信念

永远坚定不移

我心中的爱

永远火热不息

我生命的意义

他人永远无法代替

我就是我

一个热爱生活永不言败的

异类

别轻言难

别轻言难

如果万事皆易

要我等何堪

别轻言难

你不坐这位子

照样不会空闲

别轻言难

再苦再累

只求初心不变

别轻言难

如若众人奋力

我们又岂能旁观

朋友，别轻言难

离开了位子

还有谁会对你多言

春天匆匆

春天，你在无数的期盼中

匆匆走来

又在无数的赞美中

悄然离去

几乎一眨眼的功夫

就偷偷溜走

曾经情窦初开的柳芽

如今已成婀娜多姿

那风中摇曳的柳枝

丰润的柳叶

似乎告诉人们

我已待字闺中

春天匆匆

春天，你在无数的眷恋和惋惜中

瞬间逝去

恰似一伸腰的功夫

便有数不尽的落花

在不经意的微风和细雨中飘飘洒洒

重回泥土的怀抱

为的是绚丽绽放后的

累累硕果与劳作的收成

春天匆匆

春天，在人们挥别乍暖还寒之时

刚刚披覆温暖明媚与惬意

这季节便很快有了几分燥热与狂动

时光流逝岁月无情

仿佛诉说着生命的无奈与永恒

春天匆匆

春天的北国

春天的北国

是花儿含苞待放

苍山欲翠江河解封

涛声激荡的北国

春天的北国

是植物舒展躯干

小草沐浴阳光和春风

又一次开启生命新旅程的北国

春天的北国

是桃花怒放梨花盛开

莺啼柳香麦苗站立拔节

万紫千红的北国

春天的北国

是动物春情萌动

又要孕育新生命

繁衍生息的北国

春天的北国

是人们满怀激情投身火热的生活

为了新希望而继续拼搏

经受各种考验和挑战的北国

等什么

等到明天

到了明天还有明天

今天也会变成明天

但明天却变成了永远

等到明年

到了明年还有明年

今年也会变成明年

但明年亦变成了遥远

等什么

童年少年青年壮年

转瞬之间即变成老年

岁月飞逝

时光荏苒

人生纵有几万天

但随意虚度一瞬间

人生虽有几十年

明年的明年亦短暂

别让心愿成遗憾

忠孝仁义尽力全

冬天怎能无雪

冬天是什么
是大雪纷飞
银装素裹的北国
冬天怎能无雪

冬天是什么
是滚滚蛟龙
被冰雪静默的北国
冬天怎能无雪

冬天是什么
是焦渴的万物
被冰冷雪花浸润的北国
冬天怎能无雪

冬天是什么
是寒梅傲骨
劲松风流的北国
冬天怎能无雪

冬天是什么
是焦躁的心灵
被雪水滋养的北国
冬天怎能无雪

告　别

我挥一挥手
告别昨日的忧愁
焦虑和不安的时光
即将瞬逝东流

我挥一挥手
告别昨日的伤痛
被撕扯和揉搓的心
即将抚平

我挥一挥手
告别昨日的迷茫
新年的曙光
即将浴火重生

过　年

眼看又要过年

多少双望穿秋水的眼睛

多少个归心似箭的游子

长途奔波与心神难安

只为了与家人共享

新年的团圆与温暖

眼看又要过年

孩子们早就期盼

新衣和丰盛的年饭

还有长辈们的压岁钱

也就有了自由支配的零花

眼看又要过年

多少个农民工兄弟

辛苦打拼了一年

却还未领全

养家糊口的血汗钱

眼看又要过年

多少个共和国的忠诚卫士

依然顶风冒雪镇守边关

他们是最可爱的人

老百姓的天

眼看又要过年

多少个无名英雄

依然坚守岗位值班

为的是百姓出入平安

千家万户阖家幸福团圆

他们是我们心中挚爱的大海与蓝天

眼看又要过年

我也顿生一种难以名状的

喜悦与惶恐不安

喜的是今年仍然能一家团聚

惶恐的是岁月无情的印记

已悄然爬上面颊

两鬓上的银丝又添了些许

年轻时用来形容时光飞逝的词汇

如今觉得不止于此

简直如闪电般转瞬即逝

不由得感叹再不抓紧做些喜欢的事

恐真要枉度此生了

朋友们，如有可能
就回家过年

家

家是母亲守侯一生的眷恋
家是父亲辛劳一世的期盼
家是游子身处异乡的思念
家是你心灵受伤得以慰藉的港湾
家是你职场归来的卸妆间
家是儿女们对父母亲深深的依恋
家是新春佳节万家灯火的璀璨
家是除夕之夜亿万亲人的团圆

家，无论高贵与贫贱
都与我们一生一世
有着千丝万缕的情缘
让我们用心呵护
用生命和鲜血浇灌
那永远属于我们的
无限感念

尽在春季

春风又起，桃红柳绿

春光明媚，微风和煦

麦苗青青，小鸟叽叽

褪去棉袄，身着夹衣

清晨早起，舒展身躯

强筋健骨，益智美体

春之气息，沁人心脾

春之万物，充满活力

春播希望，春种期冀

美好生活，尽在春季

母 爱

母爱

是十月怀胎一朝难产时的

不惜性命

母爱

是你生病时日夜床前的

相守

母爱

是春天里香气扑鼻的

鲜花丛丛

母爱

是炎炎夏日里的

习习凉风

母爱

是秋季里硕果累累的

欣喜若狂

母爱

是冬日里寒风凛冽时的

火炉

母爱

是望子成龙时

严厉的训斥和喋喋不休

母爱

是你犯错时

耐心的教诲和心痛

母爱

是你事业有成时

灿烂的笑容

母爱

是你奔走他乡时刻念儿时的

守候

母爱

是你成家立业时的

百感交集

是你为人父母时的

千叮万嘱

母爱

是不求回报的

人间大爱和无私

母爱

是一个伟大女性

一生一世的

慈悲仁爱和宽厚

逆天来袭

——有感谭维维原创摇滚《给你一点颜色》

这个冬天

一声来自黄土高原高亢甜润的呐喊

演绎了传统与现代音乐的有机融合

和美的真谛

这个冬天

板凳、惊木、月琴、板胡

这些新鲜的元素

华阴老腔的民乐器

注定是对现代摇滚的一种颠覆和逆袭

这个冬天

"给你一点颜色"

这铿锵的告白

冲破桎梏直抵人们心田

似黄河撞击黄土地发出的震颤

又像倔犟的西北汉子压抑的呐喊和不屈

也是对浮躁心灵的无情冲击

这个冬天

谭式摇滚这场视觉盛宴

给中国摇滚乐坛打上了深深的印记

植入人们的骨髓里

在彷徨迷茫的路上亮起一盏灯

给脆弱无助的生命注入了一针强心剂

这个冬天

因此不再寒冷

未来充满期冀

起跑线

十月怀胎

一朝分娩

几声啼哭

幸来凡间

是从小锦衣玉食

享不尽的荣华富贵

还是粗茶淡饭

终日为生计奔波劳碌

你无法选择起跑线

但是，起点未必能决定终点

如果你无所事事

游手好闲

坐吃山空

那结局可能更加凄惨

但是，如果你不认宿命

埋头苦干

斗志昂扬

迎接你的也许是

辉煌灿烂的明天

起跑线未必是终点站

青春从未走远

人们常说

青春是年少时的

无知和期盼

青春是青年时的

憧憬和梦幻

青春是中年时的

奋斗和实现

青春是老年时的

感慨和眷恋

青春是成功者内心的

喜悦和美丽光环

青春是失败者心中的

忧伤和世俗的可怜

但我以为

青春跟年龄得失成败无关

青春应是

人们大脑中的意念和童心满满

青春其实

时时与我们相伴

思 念

思念是什么

是孩提时两小无猜纯真无邪的笑脸

思念是什么

是儿行千里时慈母饱含泪水望眼欲穿的双眼

思念是什么

是父亲想儿时被香烟熏黄发黑的指尖

思念是什么

是儿在外受欺时父亲那宽厚温暖的双肩

思念是什么

是朋友久别重逢时推杯换盏间的无话不谈

思念是什么

是新婚燕尔偶别团圆时那浓烈纯美的甘甜

思念是什么

是游子想家时远在天边对桑梓一往情深的心灵震颤

思念是什么

是众叛亲离时义无反顾的追逐和眷恋

思念是什么

是生离死别时痛断肝肠撕心裂肺的痛憾

思念是什么

是缠绕你一生一世的情缘

是任何人无法压抑的内心世界的呐喊

让我们珍惜

思念……

思念难挡

刚消除路上的颠簸和疲惫
思绪又回到了
告别时你眼圈里的温热
"我不在身边时，要照顾好自己"
早已成了印在心底的嘱咐

每当饭点
怎能忘记
每当到家时
饭菜已经上桌
阵阵扑鼻的香味里
满含你的深情
又怎能忘记
每当洗衣时
你那为生活操劳的双手
揉搓洗涤的不是衣裳
而是我疲惫的心窝

每当广场舞声响起
人头攒动
我便不由自主

倚窗俯视

寻觅你的身影

每当夜深人静书卷孤灯之时

虽有"香书醉了君，长夜何烦闷"之情怀

但停歇之时

我的思念

仍难以压抑

我深知

你我各居东西

实乃情不得已

一个新生命降临

需要你悉心照顾

倾注全部的爱意

因为那是我们的

希望和血脉延续

我深知

你也不易

虽已为人母、祖母

但你也是人妻

也需要夫君呵护和疼惜

我不会怪你

我不在身边陪伴的日子里

你也要照顾好自己

春禾诗词选

不为别的
只为每次重逢相聚

岁末畅想

给疲倦的身躯
找一处安歇之隅
作别急促的脚步
来一次酣畅的放松

给劳碌的心灵
寻一处安静的置放地
远离繁华世界
尽享超脱的平淡时光

给焦虑的心智
煲一碗温润的鸡汤
慰藉昔日的微殇
重新开启智慧之窗

给短视的目光
配戴一副望远镜
穿透迷茫和彷徨
去迎接新年的第一缕曙光

桃花恋

桃花，春的使者

你又悄然把山水间

装扮得嫣红娇艳

你瞧，那含苞待放的花骨朵

多像婴儿噘着的小嘴

红嘟嘟粉嫩鲜

把甘甜的乳汁期盼

你瞧，那刚绽放的花朵

多像少女充满期待

含蓄羞涩的眸眼

左顾右盼

你瞧，那完全开放的花朵

多像女郎丰润的红唇

充满诱惑和爱恋

你瞧，那微风吹过后

洒落大地的朵朵花瓣

正张开双臂拥抱

这最浪漫的春天

秋之韵（三首）

听 秋

秋天来了

凉风轻拂树梢

叶子摩肩接踵沙沙作响

仿佛窃窃回味着

夏日里的如火骄阳

秋天来了

虫儿们的歌声

已不再像夏天那样嘹亮

低沉的声音里似乎透出了

几分哀婉与忧伤

秋天来了

雷公已不铿锵作响

随之则是绵绵的秋雨

恣意徜徉

闻 秋

秋天来了

空气的燥热

已渐变丝丝清凉

人们遇事也变得冷静

沉着而不再慌张

秋天来了

草木的馨香

已不再浓烈芬芳

随风而来阵阵飘逸的果香

秋天来了

我已嗅到了弥漫在黑土地上

五谷的丰收气息

秋天来了

我已闻到了农家餐桌上

飘荡的美酒醇香

知 秋

秋天来了

秋雨潇潇

残枝色彩片片

苍翠和鹅黄交织在一起

给这斑斓的秋色

平添了几分俏皮和安然

也孕育了来年迎春花的娇艳

秋天来了

秋风送走了夏花

吹瘦了万千枝柯

却赐予人间

硕果累累和幸福满满

秋天来了

擎雨的荷叶

虽失去往日的威严

却幻化成藕心的洁白

淤泥难染

秋天来了

格桑花正酣

"怜取眼前人"是多么美好的祈愿

既是上苍对人间的馈赠

也是花姑娘对秋光的眷恋

我多想……

我多想回到童年

那里有我儿时

两小无猜的玩伴

我多想回到少年

那里有我情窦初绽时

混沌清纯的爱恋

我多想回到校园

那里有我青春时

轻狂憧憬的梦幻

我多想回到从前

那里有我励志时

播撒的足迹和眷恋

我多想

多想回到……

可时光怎能倒转

如今的我

已到知天命之年

人生的酸甜苦辣咸

已饱尝数遍

我只想珍惜

肩负着的重担
只想忙里偷闲伴亲陪友
度过快乐幸福的每一天

我已……

我已不能任性
我已过任性的年龄
曾经的迷茫和冲动
渐变成清醒和坚定

我已不能放纵
我已过放纵的年龄
曾经的热血青年
渐变成双鬓斑白
记忆骤减思维迟缓的老童

我已不敢任性
我已过任性的年龄
上有老下有小的人生
不许我有任何闪失和折腾
我还有艰辛的重担和里程

我已不敢放纵

我已过放纵的年龄
岁月的无情已深入我的心灵
肩上的责任整日紧绷着神经
几乎很难放松

我已不想任性
我已过任性的年龄
我只想
守规矩遵理性
尽职忠诚无愧人生

我已不想放纵
我已过放纵的年龄
我只想把有限的生命和爱
奉献给我的至亲和至朋
让他们感受到浓浓的情意

咿呀学语

咿呀呀
稚子开口了
许是感恩奶奶疼爱
许是已知爷爷牵挂
许是回馈爸妈数月的辛劳
许是心中已有童话

春禾诗词选

咿呀呀

稚子开口了

多少个难眠之夜

多少个法定节假

多少亲情呵护

多少深情与厚爱

终于变成了稚嫩的

咿呀呀

咿呀呀

稚子开口了

百里秦川上

这春的气息

这花的馨香

这夏的枝叶繁茂

这诗的海洋

已开始憧憬着新希望和佳话

因为遇见，生命便成诗行

漫步在薄雾笼罩

万木葱茏的岭南陌上

不问悲欢不问沧桑

听那耳畔掠过的鸟语

嗅那路边无名的花香

沐浴洒落一身的晨光

吟诵那暖到心底的诗行

想起一起携手的过往

虽然时断时续

却依旧情不自禁心潮激荡

漫步在微风轻拂的夏夜操场

消夏的人们三三两两

或家国情怀

或里短家长

或欢声笑语

或嬉戏儿郎

唯见一个身影

略显孤单寂寞彷徨

想起一起的幸福时光

不由得热血沸腾思念难挡

你我虽远隔千里

两颗牵挂的心

却无时无刻

不共振在一个频道上

走在下班回屋的路上

大脑里已开始盘算

晚餐的模样

看着熟悉的灶台和厨房

唯缺一声亲切的问候

和饭菜的馨香

曾经整洁干净的房间

再也不见窗明几净

唯有你用过的家什

却依然散发着

淡淡的芳香

我曾一次次幻想

等我退离职场

带你去那心仪已久的地方

看山看水看海看江

晨观日升

暮赏夕阳

品尝世间美味

回忆人生过往

把此生和你一起走过的路

都印在浪漫的诗行

爱慕一世终生不忘

银丝叹

近日友惊叹

你的脑后又添了几根银线

我说　那是岁月的馈赠与眷恋

友又说　那是你用脑过度

我说　如果一根银线能发酵成一首诗

我愿满头青丝变成根根银线

友又说　那也太苦了你了

我说　如果能给后人留下点什么

这满头银线纵使荡然无存

也无悔无怨

远山的呼唤

我在山中等你

大山给了我博大的胸怀

和对未来生活的期许

我在春天里等你

春天的勃勃生机

仿佛你婀娜多姿的身影

摇曳在柳絮中

飘逸在春风里

我在夏日里等你

夏花的绚烂与静美

不正是你内心深处

火热情怀馨香般的

绽放与美丽

我在秋天里等你

那漫山遍野的红叶

是我滚烫心灵的印记

无论秋风秋雨

多么无所顾忌

我依然无所畏惧

我在冬日里等你

那刺骨的寒风和冰封的大地

正是磨砺我坚毅品格的利器

那林中傲骨的寒梅无意与百花争色

不正是你内心的成熟与大气

我在四季等你

春夏秋冬

永不放弃

哪怕天荒地老

我也一直在山中等你

因为你我相识相爱在这里

珍惜生命珍爱人生

别因为难

就觉得时间

过得慢

生命不可以重来

应珍惜

从你我身边

溜走的点点滴滴

别因为烦

就以为时光

走得慢

日头从东到西

年复一年

而我们

却无法回到从前

别因为一时失意
就随意挥霍生命
别总以为世间不公
上帝的公平
就是无论富与穷
都只一世一生

别因为成功
就恣意放纵性情
真正的爱
是互相倾慕
永不分离
相守一世一生

别因为日子平淡
就感觉生命平庸
其实生活的本真
应是简单快乐和随性
别让身外之物
坏了你的好心情

朋友
请珍惜人生的每天每时每分
爱你该爱的人
做你喜欢的事

无愧天地

无愧生命

无愧人生

真情独白

三十多年了

你一直在我心里安居

我可以放下天

也可以放下地

却从未放下过你

尽管偶尔你也还会耍点小性子

但我的生命中

不能没有你

我生命中的千山万水

全部都属于你

三十多年来

你几乎一直在我的视线里

我与你同喜共泣

偶尔的暂别

你也从未离开我的心里

我时刻牵系着你

你已融入到我的生命里

三十多年来

你我共同经历过多少风雨

但无论何时何地

无论多大的困难

你我心心相印

同心并肩扛起

我的风景里怎能少了你

三十多年来

我也曾让你担心

让你为我焦虑和恐惧

每当这时

我的心在流血

身体在颤栗

我不能不在你的世界里

我一生一世珍爱的你

听 春

像恋人的窃窃私语

不忍大声传递

轻轻拂过的暖意

给静谧的泥土带来

阵阵情思

干渴的树枝伸展躯体

裹着棉被的枝芽

欲撕裂外套窜出来

期盼一场淅淅沥沥的酥雨

催生又一轮娇姿

虫儿们渐渐苏醒

蠕动着柔软的微躯

用轻细的呼吸拨弄心弦

将与松绑的大地

一起亲近自然

鸟儿们舒展着羽毛

叽叽喳喳的悦耳

划过天空的涟漪

仿佛在笑谈昨日的悲伤

以及远去的凄凉和乏困

人们的脚步

都变得轻快有力

说话的语气

不再如寒冬那样沉闷压抑

洋溢着清新和风趣

大地睁开惺忪的睡眼

破冰的河流

正哗哗啦啦歌咏

万物不再自闭

生命充满期许

真情告白

轻轻地我走了

正如我轻轻地来

那蓝天的白云

霸王山上的青翠

旺峪河畔的足迹

见证了我

无悔的梦想与青春

轻轻地我走了

正如我轻轻地来

十年磨砺

几多汗水

两鬓斑白

弯腰驼背

我把真情留在了这里

我把智慧变成了

强企富民的坚毅与果敢

我把满头青丝

酿成了根根银线

轻轻地我走了

正如我轻轻地来

一曲铅硐山之歌

承载着历史的沧桑

唱出了几代人的心声与情怀

饱含着最美好的祝福与期待

雄鹰在蓝天翱翔

企业在奋进中

继往开来

茁壮成长

轻轻地我走了

正如我轻轻地来

我带走了感恩

带走了牵念

带走了感动

也带走了眷恋

带走了朦胧的诗意

留下了真诚的期盼

和对这方热土的不舍

别了

铅硐山

别了

我的追梦之路

别了

我的同事和朋友

后会有期

笔下有心写真情

——《春禾诗词选》跋

秦西社

欣赏的心情，等于第二次的创作。满怀激情翻阅宁昌兄的心血之作《春禾诗词选》，不由得感慨系之，身在忙碌的职场竟还有如此执着笔耕的毅力和情怀，殊为难得。细细品来，平静的心湖却被激起层层涟漪，不知不觉中发现自己已被深深地感染、感动，真的走入了一个色彩斑斓的世界，这充满真情实感的迸发着春天般活力的让人心旷神怡的世界。

看得出来，作者是个勤学善思的有心人，很注意选择和提炼生活中的矿石。白居易曾说："诗者，根情、苗言、华声、实义。"意思是把写诗比作一棵树的生长，抒情是其根本，语言是其苗叶，声音是其花朵，思想是其果实。据此来看，这册《春禾诗词选》，感情是充沛的、语言是畅达的，音韵是易于诵读的，感悟是真实且深刻的，本质上是遵循创作的历史传统和规则的。字里行间无不展现出一个学思践悟的有心人吟咏大千世界、体悟生活百味、感知人间真情的炽热情怀。三百多首诗作真切地入世，源于生活，紧接地气；真率地抒情，发自肺腑，拨人心弦；真诚地表白，掷地有声，朴实无华。在表达形式上既不刻意去临摹"委婉曲折"，也不猎奇去追"标新立异"，形成了朴中见色的语言特点与平中求奇的创作风格。作者以真心真情真性形诸笔端，构成了自己表情达意的基本内核。

作者善于借景和托物直抒胸臆，对抒情性的驾驭是率性而为且持之有度的。比如 "碧波金甲交辉映，烟柳栩栩蜂花鸣"（《洋县三月春色》），第一句用两个比喻描绘了麦苗和油菜花交相辉映的盛景，第二句撷取"烟柳""蜂花"两个视点渲染了春天的蓬勃生机，抒发的是步入春天的喜悦之情。再如"云深雾重自清明，夜雨凄凄话凉。落花满地意尤长，绽时满园春，入泥亦留香"（《临江仙·清明》），以冷色意象传递情感体验，表达的是怀亲祭祖的凭吊之情。

诗词是语言的精华。一首诗或词假如仅仅是感情的单一宣泄或依托，而缺乏耐人寻味的语言，那么算不得真正意义上的诗词。作者是比较注重锤炼语言的，一些诗作里，透着炼字的味道。如"才吐几芽蕊，绿意就上梢。春风暖阳婀娜姿，摇曳催春跑"（《卜算子·咏柳》），先是用两个时间副词"才""就"前后呼对，描绘了春意的日新月异，接着来一句"摇曳催春跑"化抽象为具象，使人顿感春天就在眼前，伸手可触。再如《庐山之芦林湖》"高峡平湖碧水天，一条巨龙衔两岸。林阴秀谷嵌翠玉，山色倒影水连山。"其中"衔"和"嵌"两字动感十足，力透纸背，活现了一派湖光山色。诸如此类，不一一示举，只有研读细品之，才能感知作者遣词造句的匠心。

诗词也是人的一个精神家园，可以陶冶情操、升华思想境界。好的作品不能只满足于抒情和炼字层次，而应该开阔视野，深掘主题，蕴含历史文化意蕴以及新鲜的审美发现，富有正能量和时代感。诗人应是敏感的，更具有丰富的精神容量和哲理思辨，会时时触及主观与客观、时间与空间、自由与限制、残缺与完整、暂时与永恒、消亡与新生的矛盾，以不断更新的意象符号创造一个实与虚相错落、真与梦相融合的美学天地，让人在无穷的意味中得到思悟和体验。从这一点来看，《春禾诗词选》已经浮现出思想艺术之海的波纹，尽管还在踏浪前行的路上，但也能给人以有益的启示，这种跋涉不止的精神是难能可贵的。

古罗马诗人贺拉斯说："有人问'写一首好诗，是靠天才呢还是靠艺术？'我的看法是，苦学而没有丰富的天才，有天才而没有训练，都归无用；两者应该相互为用，相互结合。"正因为如此，宁昌兄饱含深情辛勤写下的文字，无疑是他多年出于对文墨的钟情炽爱所积淀的底蕴，更为至贵的是，他将此附着于对自然、对人生、对社会、对故土、对家国的无比热爱、无限忠诚、深刻体悟、深沉思考和赤子之情，以及他脚踏实地，迎着每一天的晨曦笃定前行的信心和力量。

感之、系之、咏之、叹之，纵情放歌，言之凿凿、语之切切、情之灼灼。正如他在一首诗里说的，"我喜诗词乐逍遥"。诗心珍贵。

我与文学的缘分

秦宁昌

我与文学的缘分，自以为还是有的。求学时期，喜读古今中外的名著美文，一直到上大学虽选学了理工科，却对文学的兴趣丝毫未减，尤其对一些名人名言摘录下来，空闲时间反复品读。工作以后，日常忙碌中但凡能挤出时间，就坚持读书看报看杂志。

我深知，仅仅喜欢阅读，只是靠近文学殿堂的第一步，想要真正与之结缘，近距离的触摸文字的不凡气息，就得把平日思悟所得付诸笔端才是。然而，事非经过不知难，真要下笔时，却又不知从何写起，最初那种抓耳挠腮、绞尽脑汁的境况，似乎不亚于钻研一个技术难题。

要说我人生的第一首诗倒也颇具几分戏剧性色彩。2013年国庆长假，心仪三年的内蒙古额济纳旗胡杨林自驾游终于成行，临出发时，承蒙诸位好友抬爱，让我给此行起一个标志性的口号，当时我略加思索便脱口而出，就叫"梦幻额济纳旗"，随后我又不经意间补充了一句，等我们此行归来，我将赋诗一首以作纪念。临近返回的头天晚上，大学同学胡总在银川热情款待了我们一行，酒足饭饱之后，一位小兄弟附耳悄声提醒我诗作一事，我立马清醒了三分，心想既为兄长又学历最高，万不可食言。回到酒店草草洗漱完毕，便绞尽脑汁，这时候才知道轻易夸口的难处了。好在以前读的诗词不少，有了一些积累，便按游记内容牵强了一首。有了第一首零的突破，从此在诗词创作的道路上越走越远。

我深知："读书破万卷，下笔如有神。"书海茫茫，汗牛充栋，世间的书是读不完的，限于精力和悟性，能够有选择的读一些，以助下笔成文便好。这些年，从"理论"到"实践"，谈不上博览群书，也非真正意义上的创作，只是兴之所至，有感而发，边读边写。所写的以旧体诗词为主，兼有若干现代诗等，因为觉得这类短小精悍的文体，于初出茅庐的我而言不需耗费太多的心血，看似片言只语，却字少意丰，很适合用来表情达意，真实记录了我的喜怒哀乐，承载了我的真情实感，点燃了我的精神火炬。正如英国诗人华兹华斯所言，诗是强烈情感的自然流露。对于文字，我始终充满着敬畏之心，每每下笔，遣词造句都经反复斟酌，初稿基本都要分享给文友，吸纳大家的真知灼见，然后再慎思而有所修订。虽然，我笔下的文字美其名曰诗词，其实我也自知，按照格律规则、表现手法等要求，未必篇篇达标。但我始终是在认真写，用心用情写成。我不苛求要做个诗人，更不敢奢望在这个门槛极高的圈内扬名立万，但我坚定地要做个爱诗写诗的人。

以诗为媒，领略自然百态，方知花木有意有趣；沉思生活万象，倍感人间有味有情。于是乎，我怀着淡泊宁静的心态一直笔耕不辍，日久渐渐地有些数量，值得一存了。热心的文友建议，整理结集面世，让更多的人来分享。想想就动了心，权当是对自己多年的辛勤耕耘有个小结。这本诗词集，是我近年来习作的汇编，毕竟是我在文学园地播种的一次尝试和探索，存在的稚嫩在所难免，能否引人共鸣，不好断言，"妆罢低声问夫婿，画眉深浅入时无"？我只想，每一位读者的眼光都是独到而包容的。

在编选过程中，承蒙《美文》杂志副主编、著名作家安黎先生拨冗题序，西北有色地矿集团党委书记、董事长秦西社先生百忙中写跋并挥毫题写书名，中国作协会员、作家周炜先生深切关注，以及古军岐、郭康胜等文朋诗友的真诚鼓励，不胜荣幸和感谢。这不禁让我感受到了来自同道中人的温情，也让我再一次笃定了继续前行的初心，文学路上，我不是独行客。再次感谢诗友古军岐的悉心整理！